MINERVA
21世紀
福祉ライブラリー
21

アルツハイマー在宅介護最前線

一人っ子独身中年オトコの赤裸々奮戦記

野田明宏 著

ミネルヴァ書房

はじめに

まずは、この本を手に取って、このページを開いていただいたことに感謝いたします。場所は本屋さんでしょうか？　お近くの図書館なのかもしれませんね。お友達が購入され、皆で回し読みの過程ということも想像できます。

こんなことを冒頭から書くと担当編集者さんからクレームがあるかもしれませんが、私個人としては、母と私が日々突き進むアルツハイマー在宅介護最前線の入り口に足を一歩踏み入れていただいたことが嬉しいのです。もちろん、このまま読み続けていただければそれに勝る幸いはありません。

というのも、母である野田和子という存在を、少しでも多くの人に認知して欲しいという希望が私にあるからです。

母は現在七十八歳。一人息子である私は四十九歳。父は十数年前に他界しましたが、父母の下、三十歳を過ぎたころまで私は親不孝の連続でした。とにかく、まともに就職もせず好き勝手に面白可笑しく人生を過ごしてきたのですから。フリーターという言葉も存在しなかった時代のフリーター一直線でした。だから、母に金銭的な面での苦労を背負わせたことも何度かあります。今ふり返ると、大袈裟かもしれませんが、母は私のためだけに六十歳前まで働き続けてきたように思えるのです。

〝名もなく貧しく美しく〟

で例えるならば、母の人生は、

〝名もなく貧しくそこそこに〟

だったと確信するのです。

母に孫の顔を見せてやることができませんでした。〝孫の顔を見せる〟ということがどれほど親孝行になるのか、正直、今でも良く分からない私が存在しています。ただ、母には、私に結婚してほしい、その後に孫の顔を見たいという強い願望があったことは事実でした。それを直接、私に向けて口にすることもありましたから。

早い話が、私は母に背を向けてばかりいたというのが実情だったわけです。

ところが、平成十四年七月末、母はアルツハイマー病の中期後半であることを宣告されたのです。アルツハイマー病であるかどうかは判断できなかったまでも、母に認知症の前触れが出始めていたことは、介護ライターの看板を掲げている私は承知していました。とはいえ、認知症である事実を知らされる恐怖もあり、私は母に精神科への受診を積極的に勧めませんでした。また、勧めたとしても母のプライドが許さなかったと思うのです。凜《りん》として強い女性でしたから。

母がアルツハイマー病を宣告された日から私は母のそばに布団を並べて寝るようになりました。そして、生まれて初めて芽生えた感情。

〝愛おしい〟

今、私は幸せか？　と問われれば返答に苦慮します。でも、〝生まれてきて良かった〟と思える人生を授けてくれたのは母に間違いないのです。そして幾多の恩があるのです。

さて、前置きが長くなってしまいました。これから、母と私のアルツハイマー在宅介護最前線ど真ん中に突入していくわけですが、ハッキリ言って赤裸々です。

「エッ!?　こんなことまで書くわけ？」

と驚かれる方々も多いと想像します。でも、在宅介護最前線というのはとんでもない突風・竜巻・暴風が吹き荒れているのが現実なのです。きれい事などを書けば、直ぐに「嘘つき」との罵倒の声が届いてくるはずです。経験者・体験者にウソは直ぐに見破られるからです。

　さて、この本は一章・二章・三章と三つの核で構成されています。基礎は、母と私が日々格闘するアルツハイマー在宅介護最前線に違いないのですが、各章ごとに文体と背景が異なり、このまま読者の方々が最前線に突入されると混乱されることも予想されます。

　そこで、各章それぞれについて、簡単に補足説明をさせていただきます。

　一章は、平成十六年三月二日から平成十七年五月三十一日までの毎週火曜日、広島の中國新聞に連載していたものからの転載です。ただ、新聞掲載の内容と全く同じか？　と問われれば少々異なります。というのも、私が住む岡山県と中國新聞の地元である広島県はお隣です。お隣同士ですから暗黙のうちに理解できる内容もあり、その辺りを全国読者方々向けに手は入れさせてもらいました。更にはこの本の紙幅制限もあり、若干カットもしています。もっとも、主旨は全く変わっていませんのでご安心を。

　二章。これはもう、文章・文体といえるかどうか？　中國新聞連載後、在宅介護を始めて約千日が経過した頃です。我が家に訪れた過去最大級の在宅介護の危機を、今風に例えるなら〃オレ流〃で他人の目を全く気にしないままにしたためた、私のホームページからの抜粋なのですから。一章も赤裸々ですが、この章に見栄など無縁です。

三章。これは完全に書き下ろしです。現在、母は二つのデイサービスに通っているのですが、新たな介護保険改正では仕組みが大きく変わることになりました。まだ、サービス単位で明確なことは発表されていませんが、母が通っているデイサービスへは改正後、今のように二つは通えなくなるとの声が支配的なのです。

母は、デイサービスNへ通い始めて三年目です。正直、デイサービスNの存在がなかったら、今の私たち母子の在宅介護も継続されていなかった、と言っても過言ではありません。優しい職員方々に囲まれています。そんな周辺を、デイサービスNからの連絡帳の声も引用し書き進めています。

今現在、母は私のそばにいます。デイサービスから帰宅したばかりでお疲れの様子。静かにしていてくれるのですが、靴下を手袋にして手に履いています。でも笑顔です。では、野田和子・明宏。二人のアルツハイマー在宅介護最前線への扉を開いてみてください。

ようこそ。アルツハイマー在宅介護最前線へ。

もくじ

第一章　アルツハイマーの母のそばで

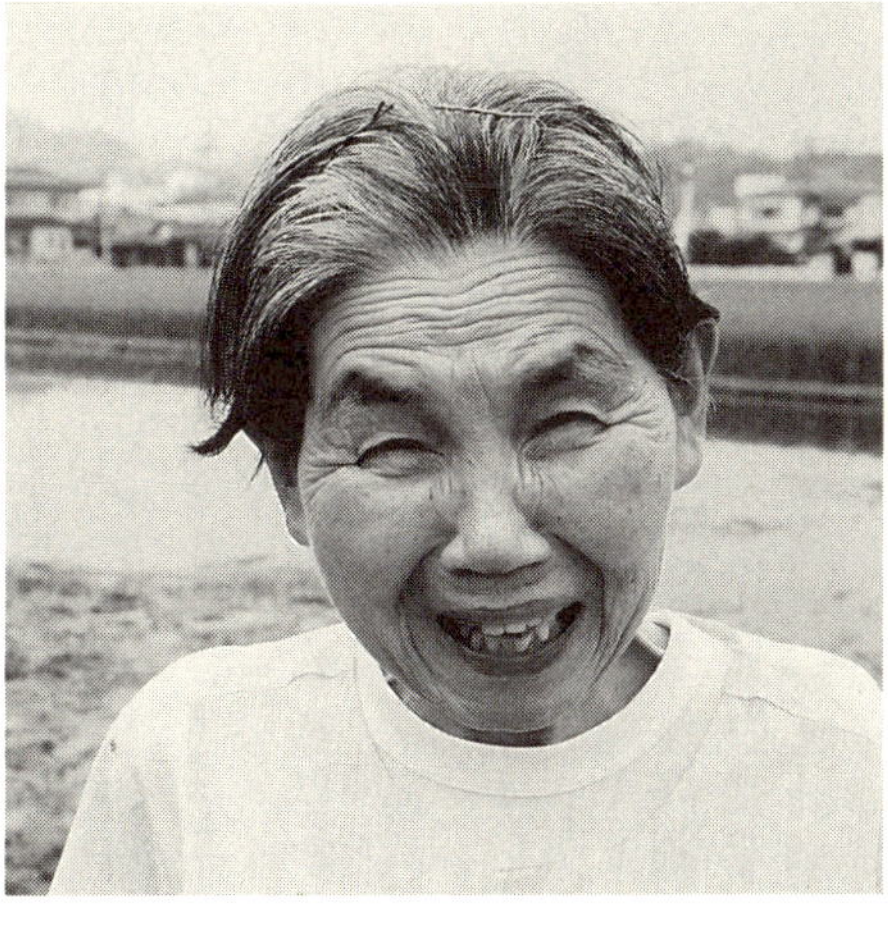

第1回

苦労忘れる愛おしい寝顔

七十七歳になる母が、「アルツハイマー病中期後半あたり」と精神科で診断されたのが一昨年の七月三十一日。あれから一年半少々が経過し、介護保険被保険者証にスタンプされている介護度も、要介護2だったものが今年の判定結果で要介護3へとアップした。私は、母がデイサービスから帰宅する午後四時半前には必ず帰宅しており、夜は母のそばで眠る。アルツハイマー病を宣告されて以降、夜の街に出ることもできなくなった。

正直、「これからワシの人生、どねえなるんならホンマ? ワシの働き盛りを返せえー」という自分がいることは確か。しかし、私が母を在宅介護するしかないのだ。というのも、私は母と二人暮らし。父は十年前に他界しており、私は一人っ子で独身。頼れる肉親はいない。従姉妹はいるにはいるが、遠慮がある。ある意味で、核家族の悲劇かもしれない。

野田明宏・四十八歳。和子・七十七歳。

さて、母の異常に気付いたのは精神科を訪ねるかなり前からだった。冷蔵庫に包丁が冷やされていたり、財布を紛失したり。精神科へ受診を決めた決定打は母からの報告だった。

「ワタシャなあ、今日も風呂の陰に隠れとった黒装束の男に頭を叩かれてビックリしたが。ときどき出てきて私の頭とか背中を叩いて笑よんよ」

とはいえ今、私は母が愛おしくてたまらない。そりゃあ、トンチンカンな行動が続けば母に罵声も浴びせる。下の粗相があれば手を上げたこともある。でも、母の寝顔が全てチャラにしてしまう。結婚もせず子どももいない私に、母が生まれて初めて、「愛おしい」という感情を芽生えさせてくれた。

いつのころからか、母は私に「和ちゃん」と呼ばれ、私はアキちゃんから「あんた」になった。

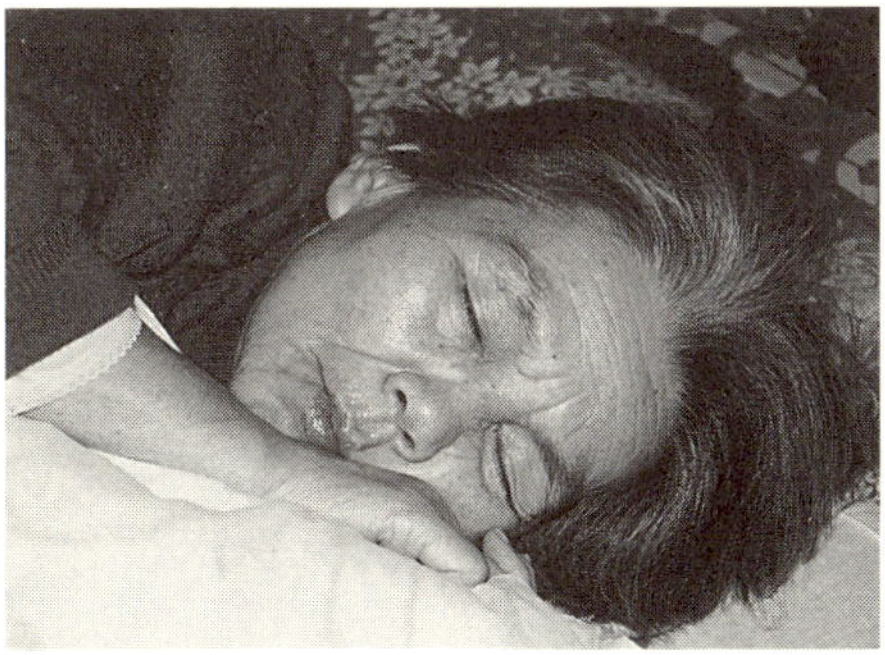

第2回

手つなぎ買い物に「ええなあ」

現在時、午後一時半。母は、私がパソコンに向かっている隣の部屋で、スーパーでもらってきたビニールの買い物袋をたたんでいる。約四十年間。勤めた先が乾物等の卸問屋だったということもあってか、箱を梱包したりするのが認知症という病に冒されても得意技なのだ。

今この瞬時、私たちの周囲にとても長閑な時間が流れている。昨日の早朝、下の粗相をした母のパンツを、心で泣き泣き手洗いしていた私がまるでウソのようだ。

ところで、前回は私たち母子の概略だけを説明したので言葉足らずのところがあった。というのも、母は私のことを息子と認知していないのだ。この状況が始まったのは、アルツハイマーを宣告されたと同時期の一年半ほど前からだと記憶している。

「今日の夜も一緒に寝てくれるんじゃろ?」

母は私に懇願するように迫ってくることがある。優しい人。恐い人。イライラしてる人。

母の中には私が何人にも変身して存在している。だから、優しい私に接しているときは、鬼のような形相で怒る私の悪口を言うこともある。

「頭を叩かれて、背中を棒で叩かれて、脚もオモイッキリ……」

確かに、私も混乱して手を上げたことは何度かある。しかし棒など使った覚えなどない。母の脳裏で、鬼面のような形相をした一人の私が過激に膨張しているのだろう。

さて、母は水・土・日曜はデイサービスに通っていない。この三日は家から一キロほど距離のあるスーパーへ私と一緒に買い物に出かける。

トットコトットコ、私の後を追いかけてくる。もちろん、横断歩道とか車の往来が激しい所は手をつないで歩く。母はそれがとても嬉しいらしく、

「こんなのええなあ!!」

と呟くこともある。

この意味は重い。母が凛としている頃、私と母にはほとんど会話がなかったのだから。

第3回

泣き声と怒号　修羅場の介護

母が凛としてシャキッとしていた頃、私と母の関係はあまり良好ではなかった。私は成人後も母に親近感が持てないままでいた。というのも、私を育ててくれたのは明治時代を背負っているような母方の祖母だった。

父と母は共働き。学校からは祖母の家に直帰して友達と遊び、祖母の手作り料理である夕食を食べ終えた頃、母は迎えにきた。ただし、明治魂は一人っ子である私に厳しく、小・中学校九カ年を皆勤させた。母は祖母に頭が上がらなかったのだ。その明治魂も、最後には母同様の病を抱えてしまったのだけれど。

そんな私と母が同志であったことがある。それは父の介護。

父にも多少の認知症症状が現れた。父の介護では最初の下の世話から通算三年間を費やした。他界する前は血液の血小板が極端に減少する病気で市内の総合病院に入院していた。

そこで十カ月間、私と母は一日交代で二十四時間介護を続けた。

私は一生懸命だった。リハビリにも魂を込めた。病院内に怒鳴り声が響いた。その厳しさに父は泣き、担当医が私に苦言することもあった。

「息子さん。あなたは叱咤激励のつもりかもしれないけど、私から見たら叱咤叱咤にしか見えないんだけど？」

母も泣きながら私に諭した。

「アキちゃん。もうええが。お父ちゃんが好きなようにさせてあげられえ。リハビリやこうせんでも、のんびりと過ごさせてあげてん」

そんな母を私は責めた。

「こんな介護がいつまで続くんなら？　早う良うなってもらわんとワシの一生が台無しじゃあ」

父に良くなってもらいたい、という姿勢は同様とはいえ、介護方法・手段はまるっきり異なっていた。

ある時など、父が入室している六人部屋で、他の患者さんの目など関係なく父が泣き、母が泣き、私が怒号を上げながら泣いているという修羅場もあった。

老人介護。それは正にアナログ最前線だ。

第 4 回

一生懸命　でも無知だった

父は結局、病院を退院して十日後に、私と母に見守られながら静かに息を引き取った。父が他界して十年が経過した現在、素直に振り返り反省すると、一生懸命に介護は行った。ただし、無知な間違った方法で。さらには根性論まで持ち出す過激さ。今、父との事はできるだけ振り返らないようにしている。後悔ばかりで自分がたまらく嫌になるから。とはいえ、父の介護は私の新たな人生の始まりでもあった。人生観が大きく変わったのだ。

初めて紙オムツを買った日。私は紙オムツを持って市民病院へとチンチン電車で向かった。大勢の人が乗り合わせていた。自問自答。

「ワシは今、どんな風に見られとんじゃろうか？　『大変なんじゃなあ。可哀相にな あ』などと、哀れみの目で見られてしもうとんじゃろうか？」

勝手に悪い方悪い方へと想像は膨らんだ。もっとも、紙オムツを購入する直前から動揺はしていた。紙オムツを購入している自分が情けなく、それ以上に恥ずかしかった。とにかく、他人の目が気になっていた。その根っこには、自分自身が抱えている貧しい感性がそうさせていたと思う。

病院内でも他人の目が突き刺してきた。当時、私は三十歳代後半。当然、父の病室の同室者とかその家族の方から質問が飛んでくる。

「お仕事の方は？」

それはそうだ。働き盛りの男が息子とはいえ一日中、父の下の世話からリハビリの特訓を行っているのだから。

確かに、下の世話は嫌だし、汚くも感じた。でも慣れる。しかし、他人の目を無視できるまでにはかなりの時間が必要だった。

とはいえ、他人ばかりの病院内で記憶しきれないほどの情を授かった。苦しいとき、些細でも優しい労いの一言が新たなファイトの源となった。

「一つの言葉に励まされ、一つの言葉に傷ついた。一つの言葉を大切に」

第 5 回

修羅場だった初のオムツ交換

私は原稿をメールで送信している。便利な世の中になったとは思うが、ここまでパソコンに慣れるには一苦労も二苦労もあった。最初はダブルクリックが出来ず、起動しているのにコンセントを平気で抜いたりもしていた。

さて、なぜ介護とは無縁な体験談から書き始めたか？　前回、おむつ交換・下の世話は慣れる、と私は書いた。

「野田さん。あなたは慣れたかもしれんけど、潔癖性の人とか、どんなに努力しても下の世話がすごいストレスになる人も多いんよ」

親しい介護職の方から疑問の声を投げ掛けられた。確かに老人介護と下の世話は切っても切れない関係。私は暗中模索の中で苦しんでいた頃の初心を忘れていたのかもしれない。

初めてのオムツ交換は、もちろん父の介護をしているときだった。最初、母は一人で踏ん張っていた。父母、両者と相性の悪い私に、母は父の介護を頼みはしなかった。しかし母の疲れは尋常ではなく、親孝行のつもりで母に言った。口から出任せのはずだった。

「一晩ぐれえならワシがオヤジ看たろうか？」

母は限界にあったのだろう。あっさり帰宅した。オムツのある場所だけ指さして。

もっとも、母にはちゃんと計算があったはずだ。父は点滴ばかりで食事はしておらず、入院してからまだ下の世話を必要としてなかったのだから。まさか、その夜に私が父の下痢便と格闘することになるだろうなどとは、爪の先ほども想像しなかったに違いない。

真夏の暑い夜だった。冷房は午後九時で止まり、二人部屋のベッドの一つで私は簡易蛍光灯を灯して本を読んでいた。大部屋ではなくなぜ二人部屋なのか？　父がＭＲＳＡというウィルスに院内感染しており、隔離の意味もあって二人部屋を都合してもらっていたのだ。

♬ピピッ♬

♬ピピピピー♬

父のベッド方面から聞こえてきた。私は部屋の蛍光灯を灯した。すると、父は下痢便の上に泣きそうな顔で横たわっていた。

修羅場は次回で。

第6回

父の粗相に怒りと切なさと

我を忘れてしまった。パニックだ。父が下痢便をベッドに流して、その上に悲痛な顔をして横たわっているのだから。

父と私の関係は、幼い頃から強者と弱者だった。上手くコントロールできないときは暴力で押さえ込まれた。私が小学校低学年だったある夜。父は友人を連れて帰宅した。酔っていた。私はそんな父が大嫌いで、二人を無視した。突然だった。

「明宏。ワシの友達に『こんばんは』も言えんのかオメーは？　性根を入れたる」の怒号と共に、ありったけの腕力で私の顔面を殴った。私が畳に崩れ落ちた。すると、顔面を踏みつけてきた。母が救ってくれたのだけれど、翌日は耳が痛く、医者に行くと鼓膜陥没と診断された。酔った父が家にいる。恐怖だった。

そんな悲しく辛い思い出が一気に吹き出した。

「オドリャー‼　オメーだきゃあ、あれだけ偉そうに能書き言いよったくせにこの様はなんなら？　クソまみれじゃがな」

こんな罵声がまず十分間は続いた。とはいえ、父をそのまま放置しておくわけにはいかない。父の粗相は息子が始末しなければならない。

ところが、どう対処してよいのか分からない。とりあえず、パジャマ代わりのステテコは脱がしたのだが、紙オムツの外し方が分からない。腰辺りに付いているマジックテープを認知するまでに約三分。この間も私は父に罵声を浴びせ続けている。父は泣いていた。左腕に点滴針を射され、息子の前でチンチンを露わにされた姿で。

オムツ交換は想像以上にやっかいだった。ベッドシーツも替えねばならず、父の両足を私の右腕に抱え込んで一気に持ち上げて、つまり赤ちゃんの両足を片手で持ち上げてオムツ交換するのと同様の姿勢を父に強制し、シーツをベッドから外した。右へ左へ。父はベッド上を転がされた。泣き続けていた。とはいえ、実は私も心の中で泣いていた。

「なんで、こんな弱々しい惨めな姿をワシに見せたんなら。オヤジは憎まれるオヤジのままでおってくれんとおえんがな」

オムツ交換を全て終えたとき、約三十分が経過していた。怒りの後に切なさが私の心を覆い、次には自己嫌悪が津波のように襲いかかってきた。正に修羅場だった。

第7回

怒った後　抱きしめ「ゴメン」

「今の若い母親はどしたんで？　動物などの方がしっかり子育てするがホンマ！」

こんな声を私の同年、それ以上の年代の友人・知人女性から耳にすることが増えた。そうなのだ。子育ては人間も動物も行う。しかし、親の介護をするのは人間だけのはずだ。生を授かって四十八年。親の介護をする動物について聞いた試しがない。つまり、

〝介護力＝人間力〟

もっとも、父の介護をしている当時は余裕などなく気づきもしなかったのだけれど。

在宅介護をするとき、それは自己嫌悪との戦いでもあり、その自己嫌悪と折り合いをつけながら日々暮らしている方々が多いと思う。私自身がその典型なのだけれど、腹が立ったとき、私の忍耐が弾けるのは早い。

確かに、アルツハイマーを患っている今の母に学習能力はほとんどない。子どもであれば、叱るという行為は教育的指導の範疇のはずだ。とはいえ母にとって、叱られるは怒ら

れると同意語であり、なんで怒られているのかも理解できないでいる。ウンコの付着した手でアチコチ触れば手を叩く。流行の言葉を使用すれば虐待だ。これから後も、手を上げるに違いない。母の脳は悪化するばかりなのだから。

こんなことを記せば、正当派の介護評論家の方とか人権団体の方々からお叱りを頂戴することも覚悟している。ただ、我が家の場合、アルツハイマーの母と一緒に在宅介護を続けていこうとするならば、母にも忍耐してもらう必要にせまられる。私が忍耐・辛抱ばかりを続けていれば、私の神経が破壊されそうだ。もし私が入院ということにでもなれば、在宅介護にもピリオド。

私は頻繁に母に問う。

「ワシみたいなんと一緒でええんか？　どこか和ちゃんのええ所を探そうか？」

母の応えはこうだ。

「あんたは私のお父さんみたいな人じゃから」

私は怒った日、母が眠るまでには必ず、両腕で母を力イッパイ抱きしめる。ゴメンナサイの言葉と共に。

第 8 回

「思いやりのなさ」気付く

「オメー、自分のことだけならともかく、お父さんやお母さんのことまで書いてしもうたら親不孝者じゃがな。お父さんやお母さんの立場に立って考えてみぃ？」

私は、自身の介護体験に基づく原稿を依頼されたとき、できるだけ素直に真実を書くように心掛けている。きれい事は書かない。というか、偉い先生方が唱えるような教科書的行動は実践できないから書けないのだ。

となると、冒頭のように友人・知人から善意の忠告を度々授かることになる。ただし、その友人・知人たちの誰一人として介護体験者はいない。介護者のそばで意見だけはしても。

確かに、私はこの欄で恥さらしな事を書いている親不孝者かもしれない。でも、私たち母子は一生懸命に生きている。日々の中で怒り・泣き・笑い・そして悩みながら。母にしても母なりに悩んでいる。もっとも、悩んでも悩んでいることさえ直ぐに忘却の彼方。

さて、前置きが長くなってしまった。実は、もう十年近く昔になるが、私は全国ネットのラジオ番組に呼ばれた。もちろん老人介護に関する番組だった。事前に打ち合わせがあり、テンションが上がっていた私は自分なりに良かれと思った意見を述べた。

「介護している者の苦労を素直に語りましょう。ぼくなんか『オヤジの介護がなかったらどれだけ人生変わったか？』と介護しながらいつも自問自答してましたから」

ところが、番組の責任者から意外な問い掛けがあった。

「野田さんの気持ちは十二分に分かります。ご苦労されたんでしょう。でもね。このラジオを聞いている人たちというのは介護者ばかりではないんです。ベッドの側にラジオ置いて、介護されている方たちも耳を傾けているんです。その人たちが、野田さんが言われるように介護者の苦悩をばかりを聞かされたら？」

一本取られたと思った。そして、自分勝手な自分。視野の狭い自分。思いやりに欠ける自分と向きあうはめになってしまった。

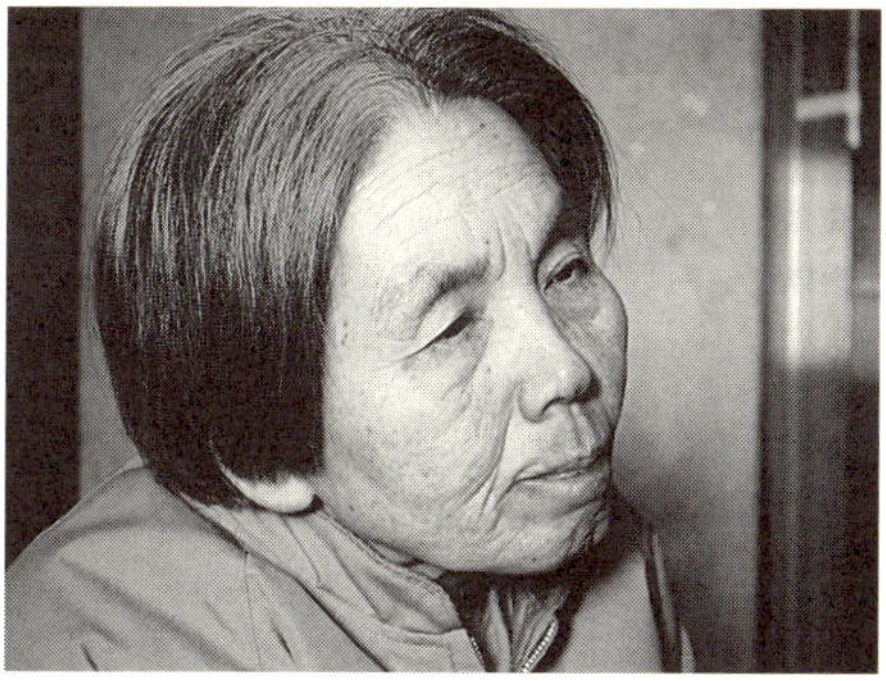

第9回

〝お出掛け〟のリズム定着

母は二カ所のデイサービス（通所介護）に通っている。基本的ローテーションでは水・土・日曜はお休み。ただし、金曜の帰宅時から土・日曜を挟んで、月曜にデイサービスへ出発するまでの約六十五時間のほとんどを、私は母と共にすることになる。食事も一緒に食べ、夜は母の隣で眠る。日中はゴムボールでキャッチボールをしたり、テレビを観ながら笑いこけたり。孤独を感じさせないようコミュニケーションは常時とり続けるよう心掛けている。一人っきりにさせない。私にとっては神経戦だ。

月曜日。母をデイサービスに送り出したあと、緊張感が一気に途切れる私は心身とも極端な疲労感に襲われる。何もしたくない。考えたくない。張り裂けそうな神経回路も修復しなければならない。寝ているのが最善。

さて、今日は日曜日。午前中、近所のスーパまで買い物に出てきた。帰宅後、

「和ちゃん。このビニール袋をたたんでくれる？　わし、難しゅうてようせんのじゃ」

「ハイヨー」

母は、仕事を任されるのがたまらなく嬉しいらしく、もう三十分近くビニール袋と格闘している。去年の今頃は一枚たたむのに三分と必要としなかったのに。確実に、目に見える形でアルツハイマー病は母を蝕みつづけている。

アルツハイマー病以外では、降圧剤も服用しているのだけれど血圧はスコブル安定しており健康上の問題は今現在ないはずだ。口臭が少しあるが、朝・夕食後、母が歯磨きしたあと私がもう一度、母の口を開かせ磨く。もちろん入れ歯も。

ところで、朝はデイサービスがある日もない日も起床は午前七時前。一日のリズムを壊したくないからだ。更には、リズムを壊さない生活で母に意外な善兆候が現れた。

デイサービスに通い始めた頃、母は出発前に拒否反応を示すことが頻繁にあった。ところが、リズムが出来上がってしまったのか？　デイサービスがない日でもお出掛け体勢。鞄に十年以上も昔の年賀状等々を詰め込んで。

第10回

徘徊の不安　今は考えず

アルツハイマー病の家族を抱える介護者で、一番の苦労は？　と問われれば誰もが徘徊と回答するのではないだろうか？　幸い、徘徊の症状は未だ母に現れていない。とはいえ〝遠い未来の事ではないな〟と、覚悟だけはしている。ただし、あまり先々の不安を今から考えないようにしているのも事実。

というのも、アルツハイマー病を母が宣告された少し後の一昨年の九月。〝将来を悲観して〟〝魔がさして〟。まだデイサービスも利用していなかった私は孤立感も強かった。気がついたら母の首を絞めていたのだ。私は泣いていたと記憶する。母がヒステリックに叫んでいたのも覚えている。

私は、老人介護を主に取材してきたライターで、痴呆専門病院へも頻繁に足を運んだ。在宅痴呆介護者のお宅にお邪魔したことも数え切れない。痴呆最前線を取材する度々、驚愕することに出くわした。人間が壊れていく。正直、そう理解し納得した。そして、介護者の悲痛な声・叫び。でも当時、介護者本人でない私の深層には、他人事という冷めた心理が潜んでいたことも否めない。

ところが、母がアルツハイマー病の宣告を受け、あの驚愕が我が身にふりかかってきたのだ。

失禁し、街を徘徊する母を想像した。もちろん、宣告された当時は現在とは比較にならないほど学習能力もあり、朝食のみそ汁の具なども包丁で切っていた。固有名詞もまだまだ豊富に持ち合わせ、今のように〝あれ〟〝それ〟ばかりを多用する会話ではなかった。今現在を例えると、

「〝あの人〟が〝そうしてん〟言うんじゃけど〝あれ〟してくれる？」

今振り返れば、一を見て全てを悟ったような気になっていたのだと思う。弱気になり、未来が暗黒に閉ざされたかのように。

とはいうものの、母の感情面は逆にスコブル豊かになり、凛としていた頃より私に対しても笑顔が増えたのだ。悪いことばかりではない。だから、今日を楽しむことだけ考えるよう心掛けている。

第11回

記憶消え　親友のように

母が私と一緒にいて、アルツハイマー病を発症する以前よりスコブル笑顔が増えたと前回お知らせした。読者の中には当然、疑問符を脳裏に浮かべた方々も多いと想像するが、ありがたいことに事実なのだ。

なぜなのか？　明確には分からない。母の担当医。老人介護の現場で働く介護職のプロ。それなりの回答はしてくれるのだけれど一様ではない。

で、これは私の個人的推測なのだけど、私が母の息子でなくなったことに基礎因子があるのでは？　と考えるようになった。つまり、私と母の位置関係は、母がアルツハイマー病に冒され記憶が消滅したせいで一度スッキリ清算され、初対面からの仕切直しの関係になったのだ。

言葉を換えれば、私と母の関係は新たにリセットされ、信頼できる親友のような関係になったのだと思う。もちろん、一方的に母からすればのことだけれど。

母が病を患う以前、私と母には大きな壁と距離があった。基本的な人生観がまるっきり異なっていたのだ。やることなすこと口論になり、母子揃って外出することなど全くなかった。そんな生活歴は後々まで尾を引く。素直に話すことさえなくなってしまった。

もし、と仮定してみる。母が交通事故とかで入院し、私がオムツ交換からリハビリ全般までを介護することになっていたら？　今の様に自然体で、私も母も向きあうことができなかったと確信する。どうしても、過去を道連れにせざるをえないのだから。見栄だってある。息子にオムツ交換される恥ずかしさも半端ではないに違いない。私にしてもそんな時、どんな顔をして母に接すればと戸惑うだろう。母は母だけど、女性でもあるわけだし。直面すれば簡単ではない。とても微妙な問題で、考えることさえ避けて通りたい男性軍は少なくないはずだ。

さて、今。母の笑顔に接することが介護生活にファイトを与えてくれる。生を授かって四十八年。過去に味わったことのない、現在の母子濃密な時間を大切にしたい。

PHOTO by Hideto Hachiya

第12回

手に負えず拘束……自己嫌悪

前々回。アルツハイマー病の家族を抱える介護者で一番の苦労は徘徊ではないか？　と記した。そして、未だ母にはその兆候がないことも。とはいえ、弄便《ろうべん》もやっかいだ。母にはこの弄便癖が少々ある。

弄便？　意味不明の方々も当然いると思うので簡単に説明すると、便をいじる行為。解説書などによると、上手く処理できず、わけの分からないままにいじってしまうらしい。

さて、母は下痢状態になると、自分の意志とは無関係に軟便が下りてくる。出ている感覚がないらしいのだ。通常の便だとトイレに向かうのだけれど、下痢状態のときは母にとっても私にとっても修羅場になる。

先日もそうだった。オシッコ、と言ってトイレに行き、出てきたら、

「こんなんが付いとんじゃけど」

と言いながらズボンとパンツを下ろす。パンツにはビッシリと軟便が付着しているが、こ

のくらいなら私も忍耐できる。

「ヨッシャ‼　パンツとズボンを交換じゃあ。こんなこともあるでホンマ‼」

パンツを下ろし終えた。ところが、母は自身の手を肛門の方に。直ぐに引っ張り出し、手を確認すると便が付着している。私は切れる。

「なんしょんならアホウ‼」

その手を叩く。母も黙ってはいない。その場でドンドンと足踏み抵抗。すると、お尻から畳に新たな軟便がポトン。足踏みを続けているから、足の裏に付着した便が畳のあちこちに。母の手がまた肛門の方に伸びている。確認する気力が私には萎えた。

私はその場にへたりこみ、母に懇願した。涙が勝手に溢れだしていた。

「もう勘弁してください」

しかし、母は便の付着した手でアチコチ触っている。悪意はないのだろうけど、母の服にも便が。パニック。

「ええ加減にせえ。わしの神経いかれてしまうがな」

私はこのとき、母を初めてヒモで拘束した。両手に手錠を掛けるように。一息ついた後、自己嫌悪との神経戦が待っていた。

第13回

トイレでドタバタ　大笑い

今回もウンコの話しで恐縮だが、とても興味深いのでこの欄に記すことにした。

母は、いつのころからか定かではないのだけれど、排便後、自身で上手く処理できなくなった。もっとも、トイレに行ってちゃんと落とす所には落とす。ただし、後に分かったのだが、使用するトイレットペーパーの量がとても少ないのだ。だから拭いた後、手に臭いが残ったり便が少し付着したり。

そこで、私は母にお願いした。

「和ちゃん（私は母をこう呼ぶ）。申し訳ないんじゃけど、和ちゃんがウンコしょうるとき、後から見させて欲しいんじゃけどええかなあ?」

「ええよ。あんたじゃったら恥ずかしいことはないから」

母にも、まだまだ羞恥心が残存しているのだ。

で、それからは、トイレに行こうとする度に問い掛けることにした。

「和ちゃん。オシッコ？」

「なんかアレ（ウンコ）も出そうなんじゃけど？」

お願いして初めての時のことだった。母の排便リズムは固定していない。二・三日連続ということもあれば、五日間出ないこともある。だから、そのまま行かせた。もっとも、母の直ぐ後方で排便前からお尻を覗き込んでいるのでは出るモノも引っ込みかねないと考えたからだ。しかし、その判断が間違っていた。瞬時、遅かった。私がトイレに入ったとき、母の肛門から見事なウンコが顔を出していた。ビンゴ!! と私はほくそ笑んだ。ところが、母はどうしたことか、トイレットペーパーに何かを包んで両手で持っている。

「和ちゃん。何ならそれ？」

「あんたが見せて欲しい言うたが」

私は直ぐさまそれを確認すると、小芋ほどの立派なウンコがトイレットペーパーに包まれていた。

不思議だった。私は母を誉め、トイレ内で二人して大笑いした。母の脳裏には、〝和ちゃんのウンコを見せて欲しい〟と刷り込まれてしまったらしい？

この刷り込みは今も消去されないまま、包まれたウンコが私に手渡されることがある。

第14回

短期入所という選択肢

三月。私の伯母である母の姉が逝った。八十歳だった。

その少し前、危篤の電話が伯母の娘、つまり私の従姉妹からあったとき、私は見舞いにも葬儀にも参列できないことを伝えた。不義理は承知だった。当然、伯母がいる大阪へなぜ向かえないかを説明しなければならない。互いに、久しく賀状程度のやりとりしかなかったのだ。

〝話しが長くなるな〟と考えつつも、常に見守り介護が必要であるアルツハイマー病に母が冒されていることを詳細に話した。

ところが、伯母も重度の認知症で施設入所していたことを従姉妹から聞かされた。従姉妹は私の現実が他人事ではなく、理解も納得もできると不義理を承知してくれた。さらには、逆に励まされもした。

「おばちゃん（母）、幸せやんか。できるだけ大事にしたりや」

嬉しかった。目頭が熱くなっていた。もっとも、「お母さんをショートステイ（短期入所生活介護）に託して葬儀だけでも参列すべきだ」という声もあるに違いない。私もそうできるものならそうしたかった。しかし、母をショートステイに預けたら、母が混乱し不穏になるに違いないと私は考え、それは過去の経緯から確信にも近かった。

母の病は、鈍行並みながら確実に日々進行している。遅かれ早かれ、現行のデイサービスだけの利用では私も参ってしまい、在宅介護にピリオドを打つ日が必ず来る。とはいえ、私は母のそばにいて、母の笑顔と接しながら最期もこの手で看取りたいのだ。

となると、長期の視点で思考し行動しなければならない。私は介護職の友人・知人を介して施設に併設されているいくつかのショートステイ担当者に問うた。

「そちらに二・三日、母を預けたとしたら現状維持で戻してもらえますか?」

どこの担当者も、ほぼ同様の回答だった。

「ショートステイの基本姿勢は、まず介護者の方に休んでいただく。現状維持と言われましても……」

問題提起は次回で。

第15回

宿泊　なじみの施設が安心

いつまで続くか想像すらできない母の在宅介護。日々の疲れは蓄積し慢性疲労。私は、ビタミンの錠剤を口にすることが毎食のアフターになった。

もし、アラジンの魔法のランプが手元にあって、〝介護疲れを癒すため、あなたの願いを一つだけかなえましょう〟と、お節介をやいてくれたなら、即、

「せめて三日間。私を母から解放してください。バッチリと充電しますから。もっともその三日間、母の介護はシッカリお願いします」

こういうとき、ケアマネジャー（介護支援専門員）はショートステイへの短期入所を勧めるのが一般的なはずだ。ただし、このショートステイがアルツハイマー病などの痴呆患者にとって、マイナス面が多いのを承知していながら。

なぜならば、母を例にとって考える。母が短期入所するとなるとそこの職員と母は初対面。いくら介護職のプロとはいえ、職員が直ぐに母を理解することなどできない。さらに

は、今現在通っているデイサービスのように四六時中、目配り・気配りできる人員もいない。最大の不安は、母が誰も知らない人たちの中で一人、生活しなければならないことだ。環境が一変してしまうのだ。

「二日間ショートステイに預けて家に帰ってきたら、笑顔が消えてしもうとったが!?」

過去、多くの介護者から聞いた嘆きだ。

だからといって、私はショートステイ職員方々を責める気持ちはない。このような現行介護保険のシステムに納得いかないのだ。

そこで私は提案する。現在、母が通っているような民間小規模デイサービスは、言葉は悪いが雨後の竹の子的に増えつつある。少人数制だから、職員も利用者をより以上把握できるし、また利用希望者も多いのだ。つまり、実績を積み上げている民間小規模デイサービスにも介護保険適用のショートステイ事業の門戸を解放して欲しいということだ。

日々通っているデイサービスにお泊まりできる。家族としては、これほど安心なことはない。

第16回

電話口で泣かれ　胸痛む

母は二つのデイサービスに通っている。Yにはアルツハイマー病と診断された一カ月後から。Nには、その半年後から。

昨年の九月下旬だった。私は、宮城県仙台市の男女共同参画財団からの依頼で〝男が介護する〟という視点からの講演を行ってきた。講演時間終了予定時刻が午後八時半。仙台に一泊しなければならなかった。もちろん、母をデイサービスNに託して岡山を発った。正直、母が混乱し不穏になるのではと心配もしたが、安心感の方が勝っていた。というのもNは、私の親しい友人でもある元看護師の女性が、昨年三月に立ち上げたデイサービス。母は、ここの名誉ある第一号利用者として通い始めて半年が経過していたのだから。ただ、母にお泊まりしてもらうことは告げていなかった。

講演開始前、仙台から電話を入れた。友人が電話を受け、母に少し元気がないことを知らされた。そして、母と替わってもらった。

「もしもし」

蚊の鳴くような声が聞こえてきた。そしてこんな言葉が。

「なんで教えてくれなんだん？」

母は電話口で泣き始めた。私は動揺した。母は今、どんな気持ちでいるんだろう？　私の胸は痛み、母への愛おしさばかりが募った。

私が帰岡した翌日、母は元気に帰宅してきた。友人から詳細を聞くと、母は私と電話した少し後、直ぐに眠りに突入していったとのこと。さらには、起床までにトイレに行ったのが一回で、全く手が掛からなかったとの報告も受けた。

今、この原稿を書いている側で母は熟睡している。午後十時十分。安心しきっているのだ。デイサービスNでも、私がいない不安より安心感の方が勝っていたに違いない。そうでなければ泣いた後、直ぐに眠りになど入れない。

安心して託せる場所がある。息子としては心強い限りだが、このお泊まりに介護保険は適用されないから全額実費。朝・夕二食付きで五千円。

安い!!　しかし、度々お願いするとなると私たちには高額なのだ。

第17回

誕生日お祝い　満面の笑み

母が通うデイサービスNへは、友人である元看護師の女性が立ち上げたという経緯もあり私は時々訪ねる。

昨年十二月三十日。この日は母の誕生日。誕生会を開いてくれるということで私もお邪魔した。もっとも、利用者さんの誕生会は月単位でまとめてするらしいのだけれど、十二月生まれは母だけ。結局、母一人が主役の誕生会となった。

誕生会は昼食後ということで、午前中、母は普段通り過ごした。普段通りといっても、デイサービスからの報告では一様ではない。天候にも左右されスケジュールは日々異なる。この日は、母はスーパーでもらってきたビニール袋をたたんでいた。四十年間携わった仕事柄、ヒモでなにかを括ったりする梱包仕事が得意なのだ。ただ、このビニール袋は母が満足感・充実感を得てくれるだろうと考えた私が、職員である友人に預けておいたものだ。

母の集中力がすごい。作業中は凜とした頃の表情に戻り、姿勢もシャキッとしていた。

病気でなかった頃の母。生き生きとしていた頃の母。その当時、なんでもっと優しくできなかったのだろう？

私は母の一生懸命な姿に不憫を覚えた。

誕生会では、デイサービス職員の方々の愛情こもった手作りバースデイケーキが目玉だった。ロウソクの灯に母は息を吹きかけ見事に消した。母の満面の笑み。でも、母は自身の誕生日を理解しているのだろうか？　誕生日だということは知らせてはいたのだけれど。

一つ、気になったことがある。誕生会前の昼食の前後、母は職員の方々と一緒に準備やら後かたづけを手伝っていた。デイサービスからの以前の報告で、率先してのお手伝いがここでの日常となっていることは知っていた。ただ、母がお盆を拭いたり茶碗を磨いたりする光景を目前で認知した私は、ここでも不憫に思えた。そして、理解できた。母は、母なりに自分の居場所を探し求めているのだ、と。

この母を、その場でオモイッキリ抱きしめたくなった。

第18回

忘れられぬ夏の入浴介助

もうじき丸二年を迎える母との在宅マンツーマン介護。一日一日はスコブル長いのに、過ぎてしまえばアッという間だったような気もする。

さて、話しがほぼ二年前へと遡る。アルツハイマー病を宣告されてから約一カ月少々の間、認知症老人に適しているとされる小規模デイサービスの空きが見つからなかった。この頃はまだ夏本番。私が二日に一度は母の入浴介助をしていた。

今現在はデイサービスで入浴を済ませ、我が家で入浴するというのは年末年始にかけてデイサービスが閉じているときだけだ。正直、入浴介助が介護の役割分担から省けたことで、私の疲労度は極度に軽減された。

ただ、私にはとても切なく忘れられない思い出がある。もちろん母の入浴介助中だった。身体を石鹼で磨き上げ、湯で石鹼を流している最中。脇の下に石鹼が残っていた。

「和ちゃん（私は母をこう呼ぶ）。右の腕を上げてくれる？」

母が考えている。考えるのはいい。しかし、暑いのだ。狭い風呂の中で私は二汗も三汗も流している。結局、イライラが募り爆発。

「右腕を上げえ言よんじゃアホウ!!　さっさとせえ。右も左も分からんのか？　保育園の子の方がシッカリしとるで」

ところが、まだ右腕を上げようとしない。声を張り上げた後、私はのぼせてきた。

「もうええわ。ワシの言うことが聞けんのならあんた一人で洗やあええがな」

私は母一人を風呂場に置いて出た。出てしまい、五分ほどが経過すると火照りも治まってくる。すると母が心配になり風呂場を覗いてみた。

母が泣いていた。風呂場に立ったまま、子どもが泣くように両手人差し指を両目に当ててエーンエーンと。そして叫んでもいた。

「どうしたらええんか分からんのじゃもん?」

私の胸は引き裂かれた。一段落して母をテストした。上下と前後は理解できるのだけど、左右はダメだった。

つまり私は、母が分からないことを強制していたのだ。切なさが一層募った。

第19回

縮んだ体にショック

前回、母の入浴介助での出来事に触れたが少し言葉足らずだった。

入浴介助を行うようになった切っ掛けは、母が浴槽の中の湯を石鹸で汚すようになったからだ。つまり、自身の身体を石鹸で磨いた後、お湯でキレイに石鹸を流し落とさないままに浴槽に浸かっていたのだ。もっとも母本人にその自覚など全くなかったのだけれど。

入浴介助の発端にはそんな経緯があった。とはいえ、いざ入浴介助となると私にもかなりの動揺があった。母の裸体と真正面から向きあうということに。小学校低学年までは母と一緒に入浴もしたが、それ以降、母の裸体を見た記憶が私にはなかったのだから。

私は先に風呂場に入っていた。上半身裸のパンツ一丁姿で。母がスッポンポンで前も隠さず入ってきた。私に対して微塵の恥ずかしさも持ち合わせていなかった。私の動揺は杞憂として吹っ飛んでしまったのだけれど、母のあまりのアッケラカンにアルツハイマー病の恐ろしさを改めて痛感させられた。

というのも、シャキッとしていた頃の母は、息子の前でもスリップ姿でウロウロなどということはなかった。〝身だしなみ〟ということに人一倍気配りする女性だったのに。私は、ささやかながらショックを受けた。

ショックは続いた。母のアッケラカンのお陰で母の身体をじっくり観察することができた。身体が小さくなっていた。お尻から太股にかけての肉は削げ落ちているようにも見えた。脚も細くなってしまい、たまに転倒する理由が理解も納得もできた。

上半身も同様だった。オッパイが萎びて文字通りの老人になっていた。

思い出した。初めて精神科を訪ねたおり、身体測定を行った。身長が百五十センチを切り、体重も四十キロに届いていなかったことを。

看護師が私に言った。

「お母さん、縮んだんかなあ?」

そうなのだ。母は、小さくなったというより縮んでしまったのだ。

親の介護。切なさと出くわすことがあまりにも多すぎる。

第20回

限られる自由な時間・行動

この〝アルツハイマーの母のそばで〟が掲載され始めた頃、母がデイサービスに向かうのは週四日だった。あれから四カ月が経過した今日、母には週五日通ってもらっている。要介護度が2から3に上がり自己負担額も増えた。その上、通う日数まで増やしたのだから、正直、経済的には少々厳しい。

とはいえ私も自由な時間が欲しい。だから、母にも頑張ってもらうことにしたのだけれど、そんな自由時間にこの原稿も書いている。

ただ、私の自由時間といっても限られている。デイサービスからは午前八時半にお迎えがきて、午後四時半には帰宅してくる。単純計算すれば八時間の自由行動がとれるのだが、事はそう簡単ではない。

母を送り出した後、洗い物等々を片づけなければならない。母が在宅中は常時見守りで、私の入浴は母がデイサービスに行っている間に済ます必要に迫られる。

さらに、私の自宅から岡山市繁華街に出掛けようとすれば、免許を持たない私はＪＲを利用せねばならず、これが一時間に二本しか走らない。なにかのアクシデントで不通になることもあるだろうし、途中での夕食等の買い物時間までを考慮すると、岡山市繁華街にある行き着けの喫茶店にもゆっくりしてられない。

私は繁華街を歩きながらイライラが募る。街を行き交う多くの他人に嫉妬さえ感じる。笑顔と出くわすと、この人たちに背負うものはないのだろうか？　と腹さえ立ってくる。母の介護が馬鹿らしくさえ思え、

「どこかへ逃げてえなあ」

と考えたことも数え切れない。

そんな時、徳川家康遺訓と後世に伝えられている文言を思い起こす。

人の一生は重荷を負うて遠き道を行くがごとし。急ぐべからず。不自由を常と思へば不足なし。心に望み起こらば困窮したる時を思い出すべし。堪忍は無事長久の基、怒りは敵と思へ。勝つことばかり知りて負くることを知らざれば害その身に至る。己を責めて人を責むるな。及ばざるは過ぎたりより勝れり。

第21回

自分の風邪に平常心失う

ゴールデンウィーク間近の頃。私は風邪を引いてしまった。母がアルツハイマーを宣告されて以降、母の健康管理と私の自己管理にはスコブル繊細になっていたのに。炬燵と加湿器は姿を消し、風邪という二文字も私の注意事項から消去されていた。油断だった。

この二冬、私と母は風邪とは縁遠かった。過去には考えたこともなかったインフルエンザ予防接種も二人して受けた。各自治体によって異なるのかもしれないが、自己負担額は老人保健法医療受給者証を持つ母が千円で私は五千円だった。私は財布と相談した。

「ワシはええか？　五千円は高すぎるで！」

「接種しなさい」

別の方から指導が入った。つまり、財布より自己管理の声を優先させたというわけだ。

風邪での熱は三八度に届かなかった。ただ、鼻づまりと喉の痛みがひどく、呼吸するのが辛かった。脚の筋肉・間接にも痛みを覚えた。こんなときでも母の見守り・介護は続けなければならない。一人ではなにもできない母だから。私のイライラは募る。

だからといって、鼻をズーズーと鳴らせたりガラガラ声になっている私が、いつもと違うということは察知したのだろう。私が万年床に横になって休んでいると、

「あんた。そんな格好で寝とってええん？　ちゃんとあれせられえ（布団掛けられえ）」

ありがたいことだ。私を息子と認知してないのだから、母というより母性のようなものがこんな優しい言葉を授けてくれたのだろうか？

ところが、私の口から発せられた言葉は、

「ワシに世話してくれるんか？　自分のこともできんくせにワシにゴジャゴジャ言うな。言うんじゃったら、自分のパンツが洗濯できるようになってから言ええ」

母が正座して目に涙を浮かべた。こんな理不尽なことを言われる理由がないのだから。

些細な風邪が、私の平常心を駆逐した。

親不孝息子は母を即、抱き寄せ、

「ゴメン」

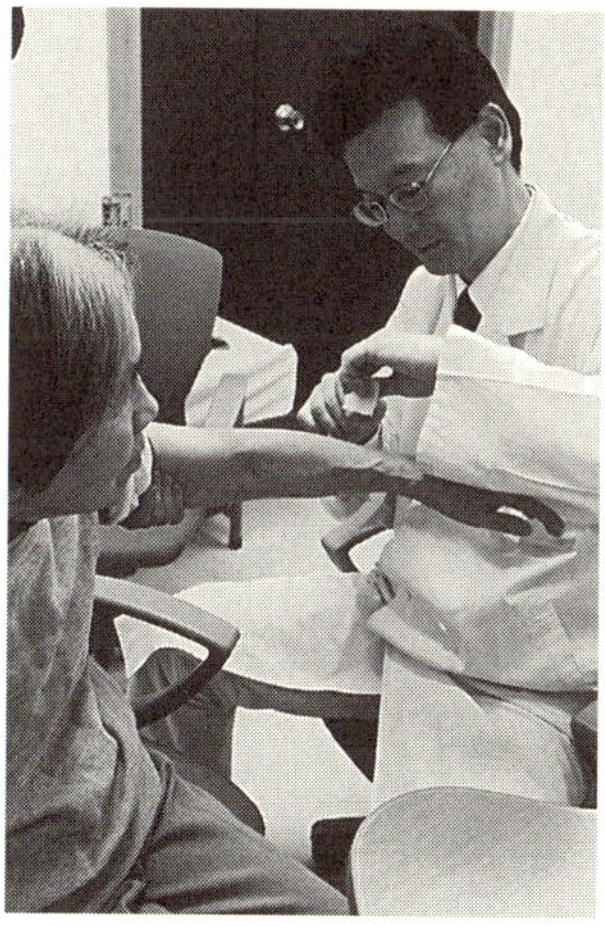

第22回

介護者の蓄積疲労　理解を

前回、〝些細な風邪が平常心を駆逐した〟と記した。事実そうだと今も確信しているが、考慮して欲しいのは、それまでの蓄積疲労も手伝って悪態を助長させたのだということだ。言い訳がましいのだが、約二年間の蓄積疲労は汚泥同様に簡単にはさらえない。

さて、高齢者への虐待が社会問題化している。厚生労働省が実施した初の全国調査というのによると、家庭内で高齢者を虐待している人の三割が息子であるとのこと。正に他人事ではないのだが、批判承知であえて言上するならば、介護者は被介護者に対して小爆発ぐらいは時々あってもいいのではないだろうか？　もちろん条件はある。小爆発後、気持ちが少し落ちついたなら改めて普段通りに戻って仕切直す。もっとも、この行為にしても、簡単そうで簡単ではないことは承知しているが、ここでは小爆発に拘りたい。

というのも、これから記すことは私の体験・取材を通じての独論なのだが、介護者には臨界点があると思う。

〝臨界点＝大爆発＝被介護者が死と直結するような虐待〟

介護者の臨界点を百点と仮定する。徘徊やら弄便やらでメーターはドンドン上昇する。家族が大勢いて役割分担している家庭では、役割を終えた後メーターは降下する。しかし、一人孤立した中で介護と向きあっている介護者に降下する余裕はなく、良くて現状維持。そしてメーターが九十九点を指した頃、もし被介護者が食事中にご飯粒を一つテーブルに落としたとしたらメーターは一点加点され臨界点。

介護と無縁な人と会話して、度々耳にする質問がある。

「なんで、そんな些細なことで殴ったりするん？」

ご飯粒一つは、単に切っ掛けにすぎないのだ。積もり積もった課程を見過ごすと、臨界点に到達した介護者の気持ちは把握できない。

今回は偉そうな文面になってしまったけれど、要はバランスの問題だと確信している。小爆発は臨界点を遠ざける。

「なんであんな良い子が？」

共通項があるのでは？

第23回

「無視しない」常に心掛け

この連載に目を通していただいている方々はご承知のはず。理想の介護を求める方々からすれば、私の介護は全く誉められたものではない。ただ、私は母との介護をいろんな形でオープンにしているにもかかわらず、私の介護を批判する人の声が間接的にも未だ届いていないという現実。これは、在宅認知症介護の難しさを証明しているのかもしれない。もっとも、批判されたとしても素直に頷きはしないだろう。いや、ためらうことなく毒づく。

「偉そうに、言いようるあんたがどんな介護するんか見せてくれえ?」

謙虚さが足りない言葉であることは認める。しかし、介護者に対して、

「ああせえ、こうせえ」

とヤジだけは飛ばしても、手も貸さないし労うこともしない外野席の輩が多すぎるのだ。

かなり以前、老人介護に関する著書も多い大学教授の講演を聴きにいった。講演内容は

素晴らしかった。二次会に参加させてもらい、私は単刀直入に教授に質問した。

「ご両親が介護を必要とされたら、先生は率先してオムツ交換などもされますよね？」

返ってきた言葉は苦笑と共に、

「それは妻の役割ですから」

時間を無駄にした。

介護者が被介護者に、罵詈雑言を浴びせたり叩いたりすることは悪だ。しかし、前回も記したように、介護者が大爆発してしまってはそこまでなのだ。ガス抜き程度は仕方ない（許されるとは思っていない）と自分に言い聞かせないと続かない。在宅認知症介護最前線では休戦などありえないのだから。

とはいえ、私には心掛けていることが一つだけある。それは、〝母を絶対に無視しない〟ということだ。今後については確約できないが、今に至るまで無視だけはしなかった。どれだけ腹が立っても、良くも悪くも真正面から体当たりで突破してきた。

偉そうついでに言わせてもらえば、被介護者に対しての無視行為は、在宅介護からの戦線離脱と捉えられても仕方ない。

無視は、あまりに悲しすぎる。

第24回

転倒から寝たきり　要注意

お年寄りの転倒から骨折。骨折から寝たきり。介護者の誰もが、要注意事項の一つに位置づけているはずだ。

もっとも、徘徊痴呆老人を抱える介護者の中にはこんな発言をされる方々も少なくない。

「寝たきりになってもろうた方が、介護が楽になってええが」

不謹慎？　しかし、切実な声なのだ。徘徊が激しいと、施設側からショートステイを拒否されるという現実が顕在化しているのだから。

さて、母は五月一日に階段から落ちた。十二段ある階段を滑り落ちた。滑り台から滑り落ちるように落ちたのが幸いし、左太股部に軽い打ち身だけで済んだ。瞬時、私が目を離した隙に落ちた。

実は、去年の冬にも階段を踏み外し、腰と足首を強く打った。そのとき、私が手を取って一緒に下りていたにもかかわらずだ。

我が家は和式トイレ。母は用を足すことができなくなった。あまりの痛さに屈めなくなったのだ。病院の検査では骨折はしていなかった。しかし、足首などは普段の二倍ほどの太さに腫れ上がり、腰にはコルセット状態。

ケアマネジャーにポータブルトイレを持ってきてもらった。介護保険ではポータブルトイレのレンタルは範疇外だけど、他人様が使用していようがいまいが、期限なしの利用料五百円が魅力だった。

母は布団で眠る。我が家にベッドはない。ベッドのレンタルは介護保険で賄えるのだが、あまりに部屋を汚くしているので業者さんに見られるのが恥ずかしくて止めた。掃除する元気など当然なかった。

ということで、母は自力で布団から立ち上がれない。私がトイレ誘導するときなど、後から脇を抱えてヨッコラショ。ポータブルトイレの立ち座りも同様。このとき私は右膝を捻り、今も後遺症が続いている。

もちろん、母は夜中もトイレに行く。私は眠ることができずイライラが募る。母は、痛みと私の罵声を背負うことになった。

因みに母の排便は、慣れないポータブルから離れた日。落ちてから九日後だった。

第25回

入院付き添い想像し困惑

母と二人で外出することが屡々ある。外出といっても病院へ付き添うとかスーパーへ買い物に出るとかだけれど。本当は、母と二人で山の麓を散策したり、少し遠出をしたりとの願望も持ち合わせている。

ただ、私は車の免許を持っていない。足腰が不安な母を、公共交通を利用して移動させるのは正直なところ恐い。更に問題なのは、母がトイレに行きたくなったときのことを想像すると、公共交通での外出には二の足を踏む。

とはいえ、病院でもスーパーでも母はトイレを利用している。もちろん、我が家のトイレを利用するのも不案内な時があるのだから、余所のトイレでは混乱してオシッコを出す所も判断できない。そんな状況だから、私が同伴してトイレに入って行く。入って行くのだけれど、男性用トイレへ。とてもじゃないけれど、中年男の私が女性トイレには入っていけない。

さて、父を介護していた頃に不安が芽生えたのだが、母が入院したら私が付き添わなければならない。この不安、いつか現実となって私に多大なストレスを与えてくれるはずだ。私たち母子は、経済力が乏しいので個室を希望することはできない。父のときは大部屋でも問題はなかった。付き添いが女性であろうが問題になることはなく、逆にこれが自然な形で違和感などない。部屋に女性の付き添いが何人いても、男性患者はオナラを鳴らし放題。暑ければ裸で過ごせばいい。

ところが、中年男の私が、他の女性患者のいる部屋で四六時中、母の側に付き添うとなると。

私も目のやり場に困ると思うが、患者さんもストレスになるに違いない。総合病院の複数人部屋は、老人ばかりが入室しているわけではないのだから。お年寄りにしたって、いや、お年寄りだからこそ付き添いとはいえ男性に対して厳しい視線を向けるかもしれない。最近の母は転倒することが多くなった。骨折すれば若い患者が少なくない整形外科に入院。

嗚呼!!　想像するだけでストレスだ。

第26回

苦しい時　同志に癒やされる

「お父さんを介護している頃と今とでは、どちらがシンドイですか？」

との質問を受けることがある。

応えるのには時間が必要になる。父を介護している頃の私は三十七歳。母との共同作業だったので眠る時間は確実に取れた。若かったし肉体的には問題なかった。ただ、この若いということが心を動揺させる。やりたいことが山ほどあり、父の介護は一生懸命やったものの覚悟は定まっていなかった。

実はその頃、自己実現に向けて突進中だった。父の介護で頓挫していたのだ。やりたいことができない。夢を追えない。犠牲感は募るばかりだった。

今は？　とにかく身体がシンドイ。父が亡くなってから十年が経過した現在、中年ど真ん中。更にはピンチヒッターなしの私一人での介護だから、夜、確実に眠れる保証など全くない。

もっとも、父が亡くなってから母の介護までの八年間は介護空白期。私は夢への再チャレンジに邁進し、結果、ささやかながら自己実現を果たしたと、それまでの人生には納得することができた。だから、母のアルツハイマー介護はライターとしての仕事の一部だと考える姿勢で臨み、ある程度の覚悟はできているつもりだ。

さて、父の頃と今とを比較して、全く違う思考・行動しているケースがある。それは、介護者の会への参加。

父の頃、私は介護生活という暮らしに全く不案内で、介護者の会に二つ入会していた。介護職に知り合いはおらず、友人たちも介護とは無縁なヤツらばかり。

「付き合いが悪うなったのお？　友達、おらんなるで」

平気な顔で無神経な言葉を吐いた友人を、私は今も許してはいない。つまり、それほど苦しい時期でもあり、私より年輩の方々に混ぜてもらっての愚痴の飛ばしあいはストレスを一時的にでも発散させてくれた。同志だった。

今。私は介護者の会には顔を出さない。それは、母の介護から解放された瞬時、介護とは全く無縁な空気を吸いたい自分がいるから。勝手なものだ。

第27回

私が倒れたら？　不安常に

過去この欄に、

〃今日を楽しむことだけ考えるよう心掛けている〃

という文面があるかと思えば、将来の不安因子の一つとして、母がもし骨折し入院という

ことを考え、

〃嗚呼!!　想像するだけでストレスだ〃

とも記している。

正直、どちらも本心で、そんな矛盾と葛藤しながら日々暮らしているというのが実情だ。

不安は、やはり潜在的に持ち合わせている。それが突発的に顕在化し私を怯えさすことがある。実は、私は高血圧症と自律神経失調症を抱えている。今、二つの病は薬を服用し落ちついてはいるが、過去の血圧最高値は二一〇。自律神経失調症では、岡山の繁華街で動けなくなり、タクシーで帰宅したものの三十分の乗車時間で二度、深呼吸するために車

を停めてもらった。その夜、動悸が激しく、呼吸するのも困難な状態で、大袈裟ではなく生まれて初めて死を意識させられた。

こんな病を抱えながらの痴呆介護だから、

〝もし、私が病で倒れたら？〟

という不安が常に隣り合わせにあって当然だと思う。

当然、在宅介護など問題外。母は緊急対応してもらい、どこかの施設に入所させてもらわないといけない。一方、私はといえば、これこそ本当に考えないようにしている。母以外に身内がいないから、私の介護をしてくれる者がいない。対策を考える必要がある。とはいえ、考えれば考えるほどにストレスで血圧が上がるという悪循環。

せめて、今現在の自己管理だけはと思うのだけれど、母を介護しながらではウォーキングに出るとか食事療法を実践するのは至難の業だ。

兄弟がいてくれればとつくづく思う。世間では、両親の介護問題から兄弟姉妹が仲違いするケースも頻繁だけれど、一人っ子の私からすれば、そんな現実は腹立たしい。ただ、もし私に姉でもいたら、両親の介護はその姉まかせにしただろう自分を想像してしまう。

私の場合、少子高齢化の典型的悲劇かもしれない。

第28回

見た目は健康　誤解を招く

近所にある図書館へ、散歩がてら母を連れて行くことがある。その途中、母が約四十年間勤務していた乾物問屋近くを通る。乾物問屋そのものは倒産してもうないのだが、乾物問屋という職質上その辺りに住む人たちと母とは昔、友達同然に懇意にしていた。もちろん、その人たちも母同様に老けはしたものの、今も健在で暮らしている人がほとんどだ。

「アラッ!!　野田さんじゃが。元気でしょん？　アキちゃん（私はこう呼ばれ近所の人たちに可愛がってもらった）と一緒かな。ええなあ」

こんな声が掛かること頻繁。母もその問い掛けにニッコリ応える。

「元気なんですよ。おたくも元気そうでよろしいが」

ここら辺りまでなら声掛けしてくれた人も母がアルツハイマーという病を抱えていることには気付かない。

その後、母と昔馴染みのSさんとの会話は進むのだけれど、段々に母の発する内容に違

和感を覚えだす。例えば、

「アキちゃんとルンルンかな？　優しい息子じゃなあ!!」

「この人は息子と違うんですよ」

などと真顔で応えれば驚くだろう。ここで私が割って入る。

「スミマセン。実はお袋、アルツハイマーなんです。だから、Ｓさんのことも今は記憶にないはずです」

昔馴染みの方々は、まずは驚き、そして納得し、

「アキちゃんも大変じゃろうけど、お母さんを大事にしてあげて。それでも信じられんなあ？」

と慰め励ましてくれる。信じられないのも当然だと思う。母は乾物問屋倒産後、算盤の腕を買われ、会計事務所からお呼びがかかった強者でもあったのだから。

認知症の家族を直接介護している方々から頻繁に聞かされ、嘆かれることがある。

「今日、大阪におる息子と主人（アルツハイマー患者）が電話で話したんじゃけど、息子が言うんよ。『オヤジ、まだまだしっかりしとるじゃねえか』言うてなあ」

認知症。よほどの重度にならぬかぎり、日常挨拶程度では気付かない。

第29回

仲良し願望　悲しい現実

母が、デイサービスYから帰宅した直後、突然泣き出したことがある。

「どしたんなら和ちゃん？　誰かにいじめられたんか？」

「あのなあ。私があの人（誰だかを上手く説明できない）の服を盗った言うてなあ。せえで、あの人が『返してくれえ』言うて怒るんよ。わたしゃ盗っとりゃせんのに。もう悔しゅうて」

私は母に諭した。諭しても母には理解はできないことを承知で。

「そりゃあ大変じゃったなあ。和ちゃんが他人の服を盗ったりする人じゃねえのはワシが一番よう知っとるがな。せえでもなあ。その人も和ちゃんと一緒のような病気で、その病気がそんな事を言わしょんじゃから許してあげたら？」

「おえん。私をバカにしくさっとる。誰が許すもんか」

母はますます激情し、泣き声もヒステリックになった。

その後、一段落し母が落ちついたところでデイサービスYに電話した。もちろん、母が言うところの〝あの人〟を責めるつもりなどサラサラない。母にしても、自分のモノだと思い、デイサービスの備品を持ち帰ってくるのだから。ただ、私はデイサービスYの職員方々が、母と〝あの人〟との経緯を把握しているかを確認したかったからだ。

責任者のSさんと話した。Sさんが言うには、そんな経緯があったということは認知していないということだった。

もっとも、〝あの人〟にはモノ盗られ妄想があることは事実だと説明してくれた。そして、矛盾しているようだけれど、親しくしたい人、仲良しになりたい人にばかりそんな妄想発言をする人であることも聞かされた。

仲良しになりたいから接近する。接近したら妄想発言が出る。悲しい現実。

とはいえ、息子として母の問題を解決しなければならない。心苦しかったが、なるべく母と〝あの人〟を遠ざけてくれるようお願いし電話を切った。

その後、職員の方々の配慮もあり〝あの人〟とは衝突していない。

しかし、あんなお願いをした私の心は今も憂鬱なままだ。

第30回

本心　部屋見られたくない

「野田さんがケアマネジャーに求める最優先事項は何?」

ケアマネジャーの友人から質問を受けた。

ケアマネジャーという職質を簡単に説明すれば、主に在宅介護サービスを希望する高齢者のケアプラン（介護サービス計画）を作成すること。

自治体によって異なるが、ケアマネジャーは月に一度、必ず利用者の自宅を訪問し実態を把握しなければならない。怠ると行政から指導が入り、悪意に繰り返せば居宅介護支援事業所指定取り消しもありえる。

私の回答はアッサリしたもの。

「なんでも遠慮せんと相談できて、その相談に真摯に向きおうてくれる人」

とはいえ、ケアマネジャー側からするとこんなアッサリしたことでも難問らしい。

「せえでも、真摯に向きあうゆうても利用者さんの家族から『家には来てもらいとうないからそっち（居宅介護支援事業所）へ行く』とか『事業所の名前入りの車で家には来んで』とか言われたらガックリくるよ。私なんかが家に出入りしとるということを近所に隠したがる人、多いんよ」

と嘆かれると、私にも思い当たる節はある。

確かに、親しい友人以外に家の中を見られてしまうことには抵抗がある。私と母が一緒に寝ている部屋などは万年床が二つ。文字通りに二十四時間敷きっぱなしだ。掃除も大嫌いな私だから、どの部屋へ入っても塵や埃が視界に飛び込んでくる。

恥ずかしい話しだが、我が家を訪ねきた人たちとは玄関内の上がり口に座ってもらい話す。ケアマネジャーの月に一度の訪問（月間介護サービス利用表等をもらう）も同様だ。

ただ、我が家の場合、隣近所には母がアルツハイマーであることを私が訪ねて知らせた。もし、外を母が一人で歩いているのを見かけたら家に連れ帰ってやってください、ともお願いしてある。

しかし、このままだとホームヘルパーさんの応援も必要な気がする。だけど、荒れ放題の家の中を見られたくないのが本心。矛盾と混乱を抱えた自分自身に頭が痛い。

第31回

突然訪れた徘徊の兆候

この連載の第10回で「幸い、徘徊の症状は未だ母に現れていない」と記した。が、六月初旬のことだった。母に徘徊の兆候が現れた。徘徊に対する覚悟はしていたものの、連載中に勃発するとは予想もしていなかった。早すぎる。

徘徊の兆候は突然だった。我が家は一級河川の川沿いに近く、窓を開けていると真夏でも涼しい風が入ってくる。午前一時頃だった。冷んやりしてきたのでタオルケットにくるまっている母を一度起こした。軽い掛け布団に替えたかったからだ。正直、私は夜中も緊張感を必要とする。母は自身で、体調管理さえできないのだから。起こしたついでに母にオシッコしてくるように言った。母はすんなりとトイレに入った。ところが直ぐに出てきた。

「和ちゃん。オシッコしたんか?」

「あのなあ、隣の奥さんが私に言うんよ。なんか用があるんじゃて」

「アホウ!! トイレに隣の奥さんがおるわけねえじゃねえか。早うオシッコしてくれえ」

「それどころじゃねんじゃ。奥さんと一緒に行かんといけんのじゃ」

「奥さん、どこにおるんなら？　教えてくれえ」

母がトイレを覗く。

「あれ？　どこへ行ったんじゃろ？」

母が部屋の中をウロウロし始め、部屋から出て玄関ではない出口から外に出ようとしている。探しているのだ。ガタガタと音がする。幸い鍵を掛けてあったし、鍵を掛けているということも理解できないでいるから押したり引いたり横に引っ張ったり。結局、部屋に戻ってきた。とはいえドアが開いていれば、そのまま真っ暗な外に出ていったに違いない。

「あのなあ和ちゃん。この家にはワシと和ちゃんだけで」

「そしたら私のお母さんは？」

「あんたのお母さん死んでしもうとるがな」

母が突然泣き出した。

「なんで私のお母さんおらんの？」

母が眠りについたのは明け方五時近かった。母の寝顔を見ていると、悪魔が囁いてきた。

「在宅介護の限界？」

第32回

ホテルに一泊　自信回復

六月二十一日。強い台風が四国に上陸し、近畿地方を縦断した。とはいえ、上陸する前夜の二十日の予報では岡山直撃の可能性がスコブル高く、まだ大型で非常に強い勢力を保っていた。

我が家は木造の借家。築後五十年は経ており、雨漏りもするし側壁もかなり剝げ掛かっている。強風が吹くとガタガタと唸る。この音に母が敏感になり怖がるようになった。

私は考え、実行した。良い機会なので二十日はホテルに自主避難も兼ね二人でお泊まりすることにした。母と二人で余所にお泊まり。二人にとって初めての体験になる。

もっとも、私には思惑があった。このお泊まりで母がどんな行動するかを確認したかったのだ。混乱するだろうか？

混乱はほとんどなかった。ただ、トイレが洋式ということで、最初はトイレの前にしゃがみこんだりもしたけれど、デイサービスでも洋式なので三回目からはちゃんとできた。

私が嬉しかったのは、環境がまるっきり変わったにもかかわらず母に徘徊の兆候が全く現れなかったことだ。ホテル代一万二千円の特別出費は痛かったけれど、まだまだ環境の変化に適応できることを確認できたことは大きな成果だった。そして、私がテレビの台風情報と睨めっこする隣で、いつもは布団で眠る母がベッドで爆睡し続けた。

前回。〝在宅介護の限界？〟と私自身の闇に潜む悪魔の囁きが聞こえてきたことを記した。そんな声や脅迫に負けられない。

踏ん張れる。

このお泊まりでファイトがみなぎってきた。形勢逆転。

翌日の二十一日朝。横殴りの雨の下、母はホテルからデイサービスYへとお迎えの車で出陣して行った。

実はこの夜、母はデイサービスYにお泊まりした。アルツハイマーを宣告された後、私は初めて自分自身の休息のために母を一夜預ける決断をした。

二十二日朝。私はYに電話を入れた。

「和子さん。夜の九時から朝の五時まで眠り続けましたよ」

ヨッシャ!!　まだまだ踏ん張れる。

第33回

手遊びの品　捨てられず

母が目覚めるのは早く、午前五時半前後が日常になっている。だけど起床はしない。私の起床が六時四十五分頃だから、それまで横になっていてもらう。ただ、母は目を覚ましてしまうと身の回りに置いてあるガラクタに手を延ばし遊び始める。本人は、自身がしなければならない仕事と思いこんでいるから厄介だ。

「和ちゃん。一緒に生活しょうるワシへの迷惑も考えんと？　ゴソゴソせんで、ワシが起きるまで待ってくれえ」

すると、真上の蛍光灯を指し、

「あの人が言うんじゃもん。せられえ、言うて」

意味不明の言葉にイライラ。説得は難しい。

ところが、手をつなぎ、軽く握ってやっていると、優しい眼差しで私の顔を見つめおとなしくしていてくれる。ということで最近、早朝は母と手をつないで起床までの一時間少々を過ごすことが多くなった。だからといって、私が眠れるわけではないのだけれど。

さて、先に〝ガラクタ〟と記した。古い鏡。不揃いのトランプ。動かない腕時計。以前に使用していた入れ歯。さらには、なぜかサッカーファンだった母のお気に入り中田英寿について書かれた本など古本多数等々。それらが、一度触り出すと部屋中に散乱する。散らかすのは得意だけれど、整理整頓できない母。最後には私が片づけることになる。

母にこんな兆候が現れだした頃、私は怒り心頭した。

「このクソババア。自分で片づけもできんくせに、そんなガラクタ捨ててしまえ。キャクソが悪い（岡山弁で〝気分が悪い〟）」

それでも母は捨てようとはしなかった。私は強制執行することにし、ガラクタをひとまとめにして捨てることにした。

一つの箱があった。とりあえず確認してみると、その中には私が過去に取材した記事のほとんどと私の数冊の著書が入っていた。それを見た瞬間、側で泣いている老婆が私の母であることを改めて強く実感させられた。

今は起床後、母はガラクタ遊びを自由に楽しんでいる。

第34回

親友の急死　わが身に重ねる

七月上旬、ショートステイ（短期入所生活介護）利用の事前面談に行ってきた。事前面談の予約は一カ月前から入れておいた。事前面談先は、現在お世話になっている精神科病院の姉妹病院でもある認知症専門病院。

で、この時点では母を短期入所させる気持ちなどサラサラなく、私自身、介護ライターとしての好奇心が優先していた。母がアルツハイマーを宣告されて以降の二年間、施設見学などできなかったから。不謹慎だけれど、母とのピクニック的様相も強かった。

ところが、事前面談のほぼ一週間前だった。高校時代からの親友の一人が逝った。同期だから四十八歳だった。葬儀では逆縁という言葉がアチコチで囁かれた。確かに不摂生な生活をしていた親友だったが、だからといって死を想像させられる兆候は微塵もなかった。死因については、心臓か……??

私の内面で、ショートステイ事前面談に対する姿勢は一変した。高血圧症と自律神経失調症を抱える私自身が、縁起でもないが親友同様に突然の最期を迎えることは一般健康人と比較すれば多いにありえるのだ。

考えすぎかもしれない。しかし、素直に思う。この母を残して先に逝けないのだ。私が先に逝けば、身寄りのない母は福祉事務所などを通じて必ずどこかの施設に入所させてもらうことはできるだろう。

とはいえ、私の他、デイサービスでの気心の知れた職員・利用者としか接していない母に、大規模施設・複数人部屋での生活に馴染めるだろうか？　介護職とはいっても、優しい人ばかりではないことも私自身のこの目で見てきた。

杞憂だとは思うが、呆気ない親友の死に動揺し、不安ばかりが先行してしまった。

考えた。今のように日々をだましだまし在宅介護を続けていると私が母より先に玉砕するのではと。母には悪いが、母のためにも私に今以上の休息が必要であることを認めざるをえなくなった。

最高気温三四度が予想された暑い朝、私と母は事前面談に向かった。

第35回

ショートステイ　安堵と不安

前回からの続きになる。そして今後数回、ショートステイについて問題提起していくことにする。

私と母は、母が今お世話になっている精神科病院の姉妹病院である認知症専門病院を訪ねた。ショートステイ利用事前面談のためだ。母は私と一緒にいるせいかご機嫌が良かった。

最初、病院長でもある医師から簡単な問診を受けた。母は、

「もう五十歳を過ぎましたから……」

と真顔で回答。間違いではないのだけれど？

血圧測定では一四〇―七四と動揺もなく落ちついており、母にとってはピクニック気分だったのかもしれない。

いよいよショートステイの部屋がある三階へと。ここへは、担当だと紹介されたケース

ワーカーが説明のため同伴してくれた。ケースワーカーが手に持つ鍵の中から一つを選択している。そうなのだ。認知症の人ばかりが集まっている病院。やはり入り口は施錠されていた。過去、取材で何度も体験してきたことだけれど、別世界への扉を開門してもらうような気分に襲われるのが常だ。向かう先、ショートステイの各部屋は病室フロアー内に併設してあるのだ。

フロアーに入った。こういう場所特有の大小便も含めた悪臭がしない。築後間もないことばかりではないだろう。職員の姿勢が良い意味で想像できる。オムツ交換なども随時交換を完璧にこなすのは無理だろうけど、それに近い努力をしないと悪臭が蓄積されていく。

四人部屋。二人部屋。個室。順に見学してまわる。どの部屋も生活臭がしない。私物を最初から置いていないのだ。これなら、盗った盗られたという妄想からの難問も起こりはしない。もっとも短期入所が原則だから、生活臭の名残を置き忘れていく間もないはずだ。

さて、私はケースワーカーに肝心要な質問をした。

「母を三日間預けて、現状維持で戻してもらえますか？」

ケースワーカーの顔がより一層引き締まった。

「保証はできません。この病院でも今、一番の課題なんですから」

第36回

ショートステイ　改善願う

「保証はできません。この病院でも今、一番の課題なんですから」

ショートステイ利用の事前面談で、私が問うた、「母を預けて現状維持で戻してもらえますか?」へのケースワーカーからの回答が冒頭のものだった。

現在の人員配置では基本的に無理なのだ。増員して欲しい。とはいえ増員となれば人件費が膨らみ、病院の存続さえ危うくなるかもしれない。これは利用者にとっても大変困るジレンマだ。

さて、なぜ私が母の現状維持にこだわるのか?

母の場合、我が家でも時々トイレの場所が分からなくなり私が誘導することがある。一方デイサービスでも職員が頻繁に声掛けをしてくれ、トイレには誘導してくれる。だから、未だオムツの体験はない。

で、私宛に以下の内容のメールを頂いた。私がショートステイに抱える不安とほぼ一致しているのでここに掲載させてもらうこととした。

「野田さん、ショートステイってどうしてどこの施設でもちゃんとしたサービスを提供してくれないのでしょう。毎回、小さいけれども未然に防げたはずの怪我をして帰ってきています。

それに、帰宅時には尿取りパットがびっしょりで、さらに尿取りショーツ、綿のズロース、モモヒキまでもが湿っています。当然のことながら、クルマに乗ったとたんに車内がオシッコのニオイで充満します。デイサービスでも自宅でも排泄はぎりぎり自立できているのですが、ショートに行くと必ず尿取りパットでオシッコするのが習慣化してしまいます。

これまでにもショートに関する不満点を何度か直接担当者に伝えましたし、ケアマネジャーを通じても伝えてもらいましたが、それでもたいして改善されてはいません」

母にしても、アルツハイマー病者としていずれは失禁と直面するだろうし、その時から私の新たな介護の始まりになるに違いない。スコブル恐怖だけれど。

でも、私を含め周囲の努力次第で、恐怖の到来を遅らせることは必ずできると信じている。

第37回

紫色の右脚　苦い思い出

今年の夏はシビレルほど暑かった。そこで、本来ならばショートステイについて書き進めなければならないのだけれど、過ぎ去った夏の、母と私の思い出に触れたい。世間では猛暑とか酷暑とか評していたけれど、私には狂暑になってしまったのだから。

広島市で最高気温が三八・六度を記録した日、岡山市でも三七・九度まで上昇した。事件はこの日の数日前の深夜に勃発した。熱帯夜が続いており、この夜も、私は眠れずイライラしながら布団に横になっていた。そばで眠っているはずの母が突然立ち上がった。母はどういうわけか夏に強く、熱帯夜でも爆睡する。母がトイレに入った。オシッコなのだろうな、と思った矢先、母はトイレットペーパーを一つ胸に抱えて出てきた。

「オシッコしたん？」

「オシッコは出んよ。隣の奥さんが『オシッコに付いてきてん』言うからこれ持って行かんといけんのよ」

爆発した。

「アホウ!!　隣の奥さんは、ちゃんとオシッコ一人でできるんじゃ。クソババア。勝手にせえ。オメーが死ぬ前にワシが死んでしまうで」

すると、母はそのまま出口に向かいドアを開けようとしている。私は猛烈に腹が立ってきた。母を部屋に連れ戻し、私は狂気した。

「コラ!!　この脚が勝手に外へ出て行こうとしょんか?」

母が履いているパジャマ代わりのステテコをまくり上げ、一度ならず二度までも母の右ふくらはぎを叩いた。

「イテー」

母の悲鳴が深夜に響いた。その後、シッカリ悪態をつき私は布団に横になった。隣から母の泣き声が聞こえていた。その夜も結局、私は眠れないまま朝を迎えた。

朝。母のふくらはぎを確認した。やはり紫色にくちていた。

デイサービスNからお迎えが来た。

「右のふくらはぎ。紫色にくちとるけど、また階段から落ちたんじゃ」

あまりの自己嫌悪から私は初めて母をとりまく介護関係者にウソをついてしまっていた。

第38回

施設休み　疲労に追い打ち

「お盆休みはどうなっとん？」

「八月十三日と十四日でお願いします」

母が通っているデイサービス二つともから同日の返答だった。聞く前から覚悟はしていた。とはいえ、夏バテから四キロ近く体重減している私には、厳しい現実を突きつけられたことになった。

十五日は日曜日。となると金・土・日の三日間、母の見守り介護を続けなければならない。さらに、猛暑だから汗もかく。最低でも一回は母を入浴させなければならない。大袈裟と思われても仕方ないが、私自身が息するだけで精一杯という疲労下、母との三日間など全く自信がなかった。本当にヘトヘトだった。

母の奇妙な行動は、夜中、オシッコに行ったときに本領発揮。トイレのドアを開け（開けられないこともある）、

「こんばんはー。もしもし誰かいませんかー？」

そばで見ていると母の仕種が可愛い。そのままオシッコをしてくれれば私の忍耐も踏ん張れる。ところが便器を指して、

「この中に誰かおるみたいじゃから余所でせんと」

「アホウ‼　この中にオメーの小便を落とすんじゃ。そんな所へ誰がおりゃあ」

前回も記したが、熱帯夜に母の奇行。私の眠れない夜は続いた。私はこの頃、母と一緒に寝る部屋の脇廊下に置いてあった金槌を別の部屋に移した。というのも、もしかして、この金槌で母を殴ってしまうかもしれない？　という恐怖感に襲われたからだ。それほどに疲れていた。担当のケアマネジャーに相談した。

「どっか、お盆期間も休まず開いとる小規模デイサービスを探してくれん？」

無理を承知だった。ところが、我が家から三キロほどの所に認知症対応小規模デイサービスSに空きがあることを知らせてくれた。直ぐに見学に行き、契約書に印鑑を押した。認知症対応ということで、二つのデイサービスより一回の利用料金が三百円ほど高いのだが、緊急避難的意味合いが強いので問題外。

そしてお盆が過ぎた頃、私の体重が増えはじめた。

第39回

振り返れば多大な恩

「もう死んだ方がましじゃあ」

「おお!! よう言うた。死んでくれるんか? 死んでくれりゃあワシもスッキリ爽やかじゃがな。友達とも夜に、酒が美味しゅう飲めらあ。家にカネはねえけど、葬式代だきゃあ、あっちへ逝く餞別代わりに払うちゃるで。いつでも準備OKじゃからのお」

「その言いぐさはなんなら。ホンマに死んじゃる」

こんな過激な口論が、母と私の間で時々やりとりされる。些細なことから私が腹を立て、売り言葉に買い言葉。隣近所にも丸聞こえだ。

私たち母子を良く知る介護職の友人からは

「実の母子じゃから、そこまで言えるんよ。義理の関係じゃったら絶対に言えん」

確かに、私たちは実の母子なのだ。

今、振り返れば母には多大な恩がある。過去、この欄に恥をさらしてきたついでに上塗りをしてしまう。

かれこれ二十年ほど前。私は父親名義の定期預金を勝手に解約し、その足で海外へ旅立った。解約した金額は五十万円。半年近く中東と北アフリカを放浪した。帰国。電話でとりあえず帰国したことを報告。金銭管理をしている母から一言。

「お父ちゃんには内緒にしてあるからな」

母は一言も私を責めなかった。逆に、無事で帰国したことを喜んでくれた。

私の高校時代。私は高校球児だった。補欠ながら憧れだった甲子園の土を踏むことができた。これも母のお陰だと感謝している。あまりの練習の厳しさに、私は入部して四カ月で十二キロ体重が激減していた。母は家から通うことが限界だと感じ、学校の近所に下宿させてくれた。借家に住み、日々生きることが精一杯だったはずなのに。

そんな恩を数え上げれば切りがない。

好き放題させてくれた母。生まれてきて良かった、という人生を授けてくれた母。アルツハイマーになった母に、今こそ好き放題させてやりたいのだけれど、これがスコブル難しい。

第40回

下の始末 「忍」の一字

「和ちゃん。もう一回ウンコが出そうにねえか？」

「ウンコ？　ウンコはモノを言わんからなあ。よう分からん。お母さんに（母の母、私の祖母は他界している）聞いてみてくれる？」

「お母さん、どこにおるんなら？」

「あそこ」

母がデイサービス休みの日、一日中こんな会話が続く。だから、私の神経回路は夕方前に白旗を掲げている。

この会話の二時間前、母は下利便をトイレで出した。オシッコに行くとトイレに入り、私が付き添っていると下利便を少し落とした。そして、そのままオシッコも便も拭かずパンツを履こうとしたので私が爆発。

「アホウ!!　なんしょんならあ。ちゃんと拭けえ。ホンマにクソババアじゃがな」

母は最近、排尿後に後始末をしないで、そのままパンツを履くようになった。パンツの汚れがあまりに激しいので、私がトイレ後方からこっそり覗いてみれば案の定。興味深いのは排尿後、そのままの姿勢でお尻を上下に振っている。オシッコを振り・切り落としているのだろうか？　まあ、それは看過できるとしてもウンコは拭いてもらわないとスコブル困る。もっとも、普段はウンコ放出時、自己申告するので私が常に排便後に拭いているのが実情なのだけれど。

しかし、アルツハイマー病はシッカリ確実に、目に見える形で攻め寄せてくる。介護者が挫けると、その進行は一層加速する。油断も隙も与えられない。

九月に突入したばかりの頃。母がデイサービスから帰宅し、着替えをしている最中のことだった。ズボンを脱がせていると少し湿っているのに気づいた。パンツも同様。だからパンツも脱がせていると突然オシッコが吹き出してきた。私の万年床の上で着替えさせていたので布団はビショビショ。私の忍耐が弾けたのは説明するまでもない。

デイサービスからの帰路、我慢していたのだと思う。でも、以前は帰宅早々にトイレに駆け込んでいたのに。

失禁の兆候？　挫けそうだった。

第41回

災害避難　耐えられるか

まずはお断り。といっても、この回数まで書いてきて今更感もあるのだけど。

実は、私の抱える高血圧症等と母の病気を考慮すると、突然、書けなくなる事態勃発も否定できない。だから、原稿は最低でも八回先までをストックしている。という理由から、季節感が二カ月少々ずれていることをお許し願いたい。

で、この夏の暑さにも参ってしまったけれど、幾度も襲来した台風の猛烈な風にはお手上げだった。安普請の我が家の側壁は縦三メートル・横五十センチ幅が剝がされ、窓枠も一枚外れてしまった。台風十八号での広島市で観測した最大瞬間風速六十メートルなどというのが岡山市で吹き荒れていたら我が家は確実に倒壊していたに違いない。岡山県南では高潮被害も甚大で、床上浸水した家屋も半端な数ではなかった。避難勧告も発令され、公民館等に避難している人々の光景がテレビ中継もされた。

さて、前置きが長くなった。私は避難先でのテレビ中継を観ながら、我が家屋の現状から必然的に深く考えざるをえなかった。

「この母を連れて、見も知らずの人たちが集まる所に避難？」

そして想像した。

「あの避難しとる人たちの中に、アルツハイマー等、要介護者を抱えている人はおらんのじゃろうか？」

多くはないだろう。しかし、必ずいたはずだ。そして、そのいたはずの家族が私たち母子だったら？

避難するまでの日常で私の疲労は蓄積しているのに、避難先では余所様にまで気配りしなければならない。その上、母も環境が一変し、混乱から不穏になること必至だろう。私はその状況に耐えられるだろうか？

あの阪神淡路大震災の渦中、私たち母子同様の人たちはどのように乗り切ったのだろう？　乗り切れなかった人たちだって……。

台風十八号直撃前々夜、東海沖震源の地震で岡山では震度三。我が家はミシミシ揺れ、母が悲鳴を上げ私にしがみついてきた。

この母を、守り切れるのだろうか？

第42回

介護の「現場」包み隠さず

応接間。とパソコンに打ち込んでからの今、私一人いるだけの部屋で勝手に赤面している。安普請とはいえ一応、我が家にも客人を迎える間はある。いや、正しくは、あった。もっとも、以前も記したように、我が家を訪ねきた人たちとは玄関内の上がり口に座ってもらい話していた。掃除をしていないのが一番の理由だったのだけれど、現在その応接間は壊れたデスクトップ型パソコンや炬燵に占領されている。だから、ケアマネジャーの月に一度の訪問（月間介護サービス利用表等をもらう）も同様に玄関口で続けてきた。

しかし、初秋を迎えた頃、考え方を百八十度変えた。正直なところ疲れ切ってしまい、恥も外聞もどうでもよくなってしまった。つまり、母と私が暮らす現場をケアマネジャー等、我が家を訪ねてくる介護職に見てもらうことにした。

母と私が寝ている六畳間。万年床が二つ敷かれており、南寄りの天井には一目で雨漏りの痕跡と分かる染み。失禁は現れていないので悪臭はないのだけれど、塵積もる部屋で調査・質問等受けることにした。

ただ、確かに疲れ切ってしまったのも理由の一つだけれど、私にはケアマネジャー等に母と私の置かれている一部始終を把握してもらう狙いもあったのだ。

言葉だけの説明だと、イメージはできてもしっかり現状把握するのは難しい。母と私が寝ている部屋の隣の三畳間で、今、私はこの原稿を書いている。六畳間と三畳間を仕切る襖は取り払った。そして、三畳間のそばにトイレ。母の寝床から直線距離にして四メートル弱。直ぐ目の前だ。

ところが、母には遠い距離でもあるらしい。夜、このトイレが分からずウロウロする。母は壁際に寝ているから、夜中トイレに行こうとするとどうしても私の身体の上を跨がなければならない。跨いだ後、この六畳間と三畳間のわずかな三次元空間をトイレ求めて迷走するわけだ。

これで、母をサポートしてくれる介護職の方々に、もう隠し事はない。

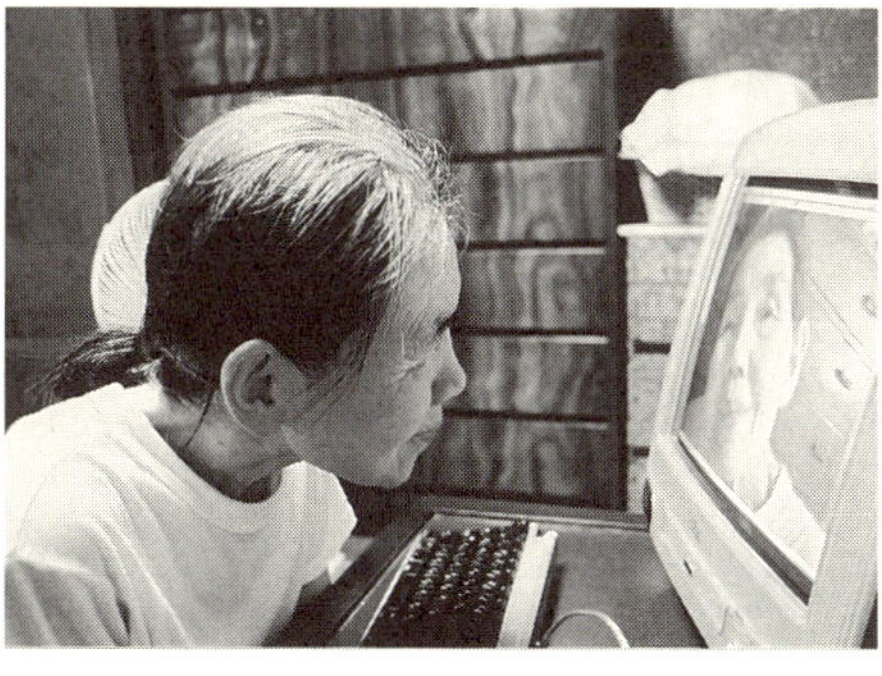

第43回

老人ホーム　年の瀬の哀歓

来年、といっても直ぐそこまで来ている正月に頭を痛め、恐怖さえも感じている。

というのも、年末のデイサービス利用はなんとか確保できたものの、さすがに正月三が日はデイサービス全てがお休み。

四日から始まるデイサービスが一つあるのでこの日から母には出陣してもらうけれど、大晦日の夕方から四日の朝食後までの約八十七時間を母と一緒に過ごすことになる。やはりこれは恐怖だ。今では、丸一日一緒に過ごすだけで、次の日は買い物に出掛けるのさえ鬱陶しいほど疲れているのに。

つまり、母のトンチンカンにイライラし爆発して、母に怒鳴り散らしている私自身の姿を想像してしまうのだ。いや、怒鳴り散らすだけなら合格。忍耐できず、母を叩いてしまっている私が見え、それが恐い。

さて、もう六〜七年前になるだろうか？　大晦日の朝から元旦の朝にかけて、岡山市内にある特別養護老人ホームの一つを取材したことがある。脳天気だった。ここではどんな様子で新年を迎えるのかなあ？　程度の意気込みでしかなかったのだから。

ところが、深く考えさせられる場面と遭遇してしまうことになる。私が職員ルームでカメラを点検しているときだった。一人のお婆さんが私に問い掛けてきた。

「ここは、どこじゃろうか？」

どう応えて良いものか苦慮していると職員が応えた。

「ここは、今日から三日間、Aさんがお泊まりするところじゃが。お部屋に戻ろう？」

職員に聞くと三が日、このお婆さんの孫等大勢が帰省で帰ってくるためショートステイに預けられたとのこと。

一方、特養入所中の一人のお婆さんが娘さんに手を取られて帰宅していった。この娘さんとは直接話した。

「母の息子も孫も帰省してきます。こんなときくらい、母を帰宅させてやらないと罰が当たります」

正月。老人介護の現場は普段以上に悲喜こもごもだ。

第44回

「日本一の孝行」とは

ある新聞社の取材を受けた。もちろん、母と私の在宅介護について。で、こんな質問が飛び出してきた。

「もし野田さんが、お母さんを在宅介護から施設介護（特養等へ任せる）へ移行したいと心の変化があるとしたら、それはどんな状況を迎えたときですか？」

この質問には面食らった。私は瞬時、いや、時間を少々もらった。で、応えた。

「母がデイサービスから帰宅して、送迎の車の中から私を見つけ、ニコッと嬉しそうな表情を剝き出しにしなくなったら、かな？」

母はたぶん、我が家を離れてデイサービスへ向かう途中の送迎車の中で、もう私の存在は忘れてしまっていると思う。母は、現在時のみ瞬時瞬時を一生懸命生きているはず。だから、帰宅時に私を確認し、記憶を蘇らせてくれることに私はスコブル喜びを感じる。そんな経緯もあり、私は記者が帰った後、母孝行について哲学してしまった。そして、こんな創作孝行話があったことを忘れていた記憶の箱から引き出した。完璧ではないけれど、主旨は以下のようなものだ。

昔、高知に四国一番と呼ばれる母孝行息子がいた。農作業に励み、家に帰ればお母さんを上げ膳据え膳で、文字通りに箸より重いモノは持たせない孝行息子。

その四国一番さんが、信州に日本一の母孝行息子がいるという噂を聞き信州に出向いた。どんな母孝行をしているのか見届けるために。

日本一番さんも農家で、農作業に励むところは四国一番さんと同様だった。ところが、家に帰ってからが違った。四国一番さんは信州にまで来たことを後悔した。というのも、日本一番と噂された息子は、帰宅早々に汚れた足をお母さんに拭かせ、その上、肩まで揉ませている。

四国一番さんは呆れて怒鳴った。

「あなたのどこが母孝行なんだ?」

日本一番さんはアッサリ一言。

「母がしたい、してやりたいと望むことをしてもらっているだけです」

私も、母の気が赴くままにやらせてやりたいのだけれど。

第45回

軍歌リハビリで脳活性化

前々回、デイサービスが連休になる正月三が日が恐怖だと記した。ところが実際は、年末三十一日の積雪でデイサービスが休みとなり、母とは四日間を超接近戦で過ごすこととなった。そして一月四日の午後、スコブル寝不足状態で原稿を書いている。

というのも、昨夜から今朝にかけて母が一睡もしなかったからだ。トイレに何度も向かうのだけれど、その度に誘導が必要になる。しかし、そのほとんどが空砲。オシッコが出ない。布団にもどっても素直に潜り込んでくれない。潜り込んだと思えば、しばらくして豆電球下ゴソゴソし始める。

今朝の八時五十分。デイサービスSのお迎えが来た。私の心と身体は安堵感と解放感に包まれ、心底から素直に〝ありがとう〟が言えた。

さて、この四日間は昨夜から今朝までの不眠以外に特別な問題は起こらなかった。これには大きな理由があると確信している。

実は、昨年末の三十日で母は七十八歳になり、誕生祝いに私の友人が軍歌のCD二枚を授けてくれたのだ。友人には知らせてあった。母が〝広瀬中佐〟を思い出したように口ずさむことを。口ずさみながら目頭を濡らせていることも。

〝広瀬中佐〟は軍歌であるけれど、文部省唱歌であり大正元年十二月尋常小学唱歌四でもあったのだから。想像するに、これでもか、これでもか、と小学生の頃の母は強制的に歌わされたに違いない。背筋を伸ばして。だから、母が軍歌のCDを聞いているときは集中している。母が通うデイサービスでも軍歌を歌っている。軍歌に抵抗がある、と避けてきたデイサービスでもお年寄りの希望で歌い始めた所も出てきている。

で、もちろん承知している。私などが軽々に語れることではないけれど、広島・長崎が原爆被災地であることを。

でも、アルツハイマーの母の萎縮した脳を軍歌が活性化してくれているような気がしてならない。

第46回

突然叫んだ　阿修羅だった

秋深まりつつある日曜日の朝だった。

「生きた心地がせんなあ!?」

オシッコし終えたあと母が部屋に戻り、ポツリと呟いた。こんな言いぐさだけは明確に言葉になるから不思議だ。で、確かに、母はそんな気分にもなっていただろうと想像はできる。トイレの中で、私に叱られたばかりだったから。

なぜ叱られたのか？　オシッコを拭いた紙をズボンのポケットに仕舞い込もうとしていたから。もっとも拭くだけでも良しとしなければならない昨今でもある悲しい現実。私も毎回付き添わねばならなくなった。便器の前にしゃがみ込んだり、パンツを脱がないままオシッコを出そうとしたり等々の理由から。とはいえ、こんなのは日常茶飯事になってしまったから私の怒りの声は一オクターブも二オクターブも低かったはずだ。ところが、

「生きた心地がせんなあ!?」

にはカチン!!　怒り心頭。

「言うてくれるじゃねえかクソババア。ほんなら、ワシの言うことを性根入れて聞けえよ。生きた心地がせん人間が、なんで昨日の夕方六時半から今朝の四時半まで（木・金・土とデイサービスに通った土曜の夕方で疲れてしまい、いつも土曜は眠りに就くのが特別早い）トイレにも起きんで眠りこけられるんなら。安心しとるからじゃねんか？　ワシがどれだけオメーに気配りしょうるか知りもせんくせに偉そうなことを言うなクソアホウ!!」

母も黙ってはいない。

「そりゃあ私はアホウです。アホウですからなんにもできません。せえでもなあ、なんでこんなアホウになったか言うたらなあ……」

母が突然、自身の両手で自分の頭をバチバチと勢い強く叩き始めた。

「こんな風に、こんな風に、こんな風になあ」

と叫び続けながら。途端、形相が変貌した。声を荒げた。

「チクショウ!!」

阿修羅という戦闘を好む鬼神が存在するなら、正にここにいる母ではないか？

母に、初めて恐怖を覚えた瞬時だった。

第47回

人前で叱ったりしない

朝、片づけを済ませ私が母の側に座ると、母が炬燵に顔を伏せ突然に泣き出した。

「どしたんなら和ちゃん？」

「あんたがな、百六十？　なんじゃったかな？　それでも嬉しゅうてなあ」

会話の中に意味不明の数字が頻繁に現れたりするようになったが、感謝の気持ちを泣くという行為を通して自然体で表現しているのだ。

この朝は、母がトイレでオシッコをしたあと、ペーパーで拭かないままズボンを履こうとしたので私が優しく拭いてやった。歯磨きのとき、母が自分で磨いたあと普段通りに私が改めて磨いてやった。この二つの行為の過程で、全く叱られないで優しくされたからだと思う。そして、歯磨きは良く磨けたので、

「和ちゃん、百点」

とも誉めてやった。百点をあげると満面の笑み。百点の意味をまだ理解しているから。

先日、歯医者に行った。母には以前、歯科医院は決まったところがあったのだけれど、本人が忘れてしまっているから友人が紹介してくれた歯科医院を訪ねた。

私の足で十分。この距離なら、母と徒歩で行くスーパーと等距離なので余裕で行き着くことができるはずだった。

ところが、医院少し手前から身体が前のめりになりはじめ、到着した途端、受付前で靴も脱がず滑り込むように倒れてしまった。受付には中年婦人の患者さん二人。二人ともにビックリしている。その目線の奥に、冷ややかなモノを感じてしまったのは私の誤解だろうか？　でも、そんな目線にはもう慣れた。アルツハイマーの母と外出するということは、その目線に耐え、慣れてしまわなければ。特に、公共交通を利用するときなどは。

で、受付で母を起こし、靴を脱がせ、

「和ちゃん、大丈夫か？」

「ウーン？　シンドイなあ」

私は、木創りの床にそのままにさせた。確かに恥ずかしさもあり怒りさえ覚える。でも、私は母を、人前では怒ったり叱ったりはしないよう努めている。

母に、それ以上の恥をかかせたくないから。

第48回

ショートステイに備え

母が通う小規模デイサービスの数が三つに増えた。デイサービスYへは今までどおり週三日。Nを二日から一日減らし、半年前に立ち上がったSへの一日を新たに加えた。慣れ親しんだYとNは外せない。

で、なぜSを加えたか？ ここは小規模デイサービスとはいえ民間ではない。特別養護老人ホーム（以下は特養）等々、社会福祉法人が運営する施設の一つだ。

つまりショートステイもグループ内にあり、Sで母を把握してもらい、それをショートステイに伝えてもらえれば最適と判断。更に、Sの責任者は以前からの知人で遠慮は不要。とはいえ、ショートステイ利用については日々実行に移そうと考えているのに未だ決行できないままだ。今、寝息を立てながら眠っている母を見ていると、ショートステイへの決断など見事に粉砕される。現行のままで在宅介護の存続・維持など不可能を承知してるのに。

さて、介護保険施行前、特養に入所している老人が病院へ入院したとき、入院期間が三カ月を過ぎたと同時に退所扱いとされていた（今も介護報酬との関係から三カ月が目安だが、施設側の判断で少々異なる）。

ところが、退所扱いにしたくても帰る家がない老人も多く、こういう状況下では裏技が頻繁に使われた。特養など運営している社会福祉法人は提携病院と密接な関係を保持している。そこで、入院三カ月最後の日、一日だけ特養に戻し、翌日にはまた病院へと移動。点滴をぶら下げ、施設の車で帰ってきた老人を出迎える職員等を私は目撃している。道義上の問題は大だけれど見事な連携プレイでもある。

誤解があると困る。私は特別な配慮など求めていない。ただ良い意味で、デイサービスSと同じ法人下のショートステイとの緻密であろう連携に期待しているわけだ。遅かれ早かれ、必ず訪れる決断・実行の日に備えて。

第49回

症状の進行　トイレが目安

今でも時々、無理を承知で母に算数のテストをやってもらう。

「一＋一は?」

「二」

「二＋一は?」

「三」

「オオッ!!　調子がええがな和ちゃん。そしたら、五＋五は?」

「えーーとなあ?　いっしょ」

五と五は同じ数字だから〝いっしょ〟ということだろう。だから、私は百点と呼ぶ。母は満足そうに微笑む。切なくもあるけれど、これでいいのだ。

さて、母の学習能力は緩やかにだけれど確実に低下してきた。分かりやすく判断する目安としては我が家でオシッコに臨む瞬時。

アルツハイマーを宣告された当時の二年半前。オヤッ？　と思う行動は日々増していたけれど、トイレの不安は全くなかった。でも、段々にトイレの問題が生じてくる。夜、母はトイレがどこにあるのか分からなくなった。だから、夜は一晩中、トイレの裸電球を点けっぱなしにしておいた。母は光目指して進み、ちゃんと用を足すことができた。

次第次第に昼間もトイレの場所が判断できなくなり、私たちが寝床とする部屋と隣の部屋をウロウロするようになった。母の寝床からトイレまで直線距離にして四メートルもなく、それでも誘導さえすればシッカリとトイレ（和式）で踏ん張れた。

次に現れだしたのが、オシッコにしてもウンコにしても、用を足すまではＯＫなのだけれど、手にするトイレットペーパーが小さすぎて拭ききれなくなった。オシッコは看過できてもウンコは困る。パンツを手洗いする情けなさ。

で、段々に、用を足した後にペーパーを使用しなくなった。観察していると、お尻を振って振り・切り落とす。そして、そのままパンツを履いてしまうから、今は毎回、私が後方から拭く。とはいえ、母はいつまで和式トイレで踏ん張りきれるだろう？

というのも最近、母の足腰が際だって弱り始めた。外出時、シルバーカーと呼ばれる手押し車が欠かせなくなっているから。

第50回

叩いた後の悔恨　猛烈に

母の左頬の一部が赤く腫れている。少々傷にもなっている。私がパソコンを打つ右手首にも傷痕。

朝食のとき、修羅場は突然にやってきた。今日は水曜日なのでデイサービスはお休み。だから普段より三十分寝坊しての朝食だった。母はパンは食べた。降圧剤もスムーズに飲んだ。しかし、コップ一杯の全てのお茶を飲み干そうとしない。半分以上が残っていた。しっかり水分補給をしないと身体に良くないので母を諭す。

「和ちゃん。お茶をしっかり飲まんと風邪を引きやすうなるんで。薬のつもりでちゃんと飲んで」

「ほしゅうないんじゃ」

表情が硬い。

いつもは美味しいと言って飲む熱いお茶。今朝は様子が違った。私は何度も勧めたが飲もうとしない。コップを手にして母の口に持っていこうとした瞬間、母は自身の手でコップを払った。コップは私の手から離れなかったもののお茶はこぼれた。私は怒鳴りあげた。

「なにすんならアホウ!!」

「アホウ!!　アホウ!!　言うな偉そうに」

母は私の持っているコップを奪い、まだ残っているお茶を万年床にぶちまけた。間合いはなかった。私の平手が母の左頬に飛んでいた。母の形相が一変。私に掴みかかってきた。

「なんでなら?　なんでなら?」

叩いたことに抗議しているのだ。そして、私の両手首をオモイッキリの力で爪を立て握っている。それから小一時間。母は意味不明の言葉で抗議のしどおしだった。

その後、オシッコに行くと言うので付き添い、ウンコもついでに立派なのを放った。私は普段どおりにオシッコもウンコも拭いてやってると、母から、

「ありがとうございます」

という言葉を頂戴した。猛烈に切なくなった。オシッコから戻ると、万年床の上に母の入れ歯が。叩いたとき、口から飛び出したのだ。

もう、これは在宅介護を逸脱しているのかもしれない。苦しい。

第51回

壊れる姿に　募る悲しみ

今号は前号からの続き。

母の入れ歯が飛び出すほどに平手で頬を叩いてしまい、なんともやり切れない気持ちで昼を迎えた。昼食は、前日に購入していた母の好きな肉うどんを食べさせた。問題なく事は運んだ。

ただ、夕食になるモノがなく、我が家から一番近いコンビニへ母と向かった。この頃になると母と私は普段どおりの関係に戻っており、母には笑顔も戻っていた。

コンビニで購入する品を選び終え、私と母はレジに並んだ。少し混んでいた。私たちの順番になった。ほんのわずか数十秒の間、母は私の側から後方に位置した。私がレジで支払いをしていると、レジのお姉さんが、

「お母さんですか?」

と私に問い掛ける。ええ、と応え後を振り返ると、母は裸足でレジ近くにあるパンの棚を

握りしめている。私の足下に、母の靴と靴下。母のズボン裾下からは婦人用パッチが見え隠れしている。

　支払いを後回しにし、私は母のそばへ。靴下と靴を履かせた。私は無言だった。なぜ？と問いただしても意味不明の回答が返ってくるだけだから。

　どこからか失笑が聞こえていた。恥ずかしかったけれど、素知らぬ顔をして耐えた。母は微笑んでいる。支払いを済ませ、逃げるようにコンビニを出た。帰路、やけに青い空に向かって私の目頭から悔し涙が出始めていた。母は微笑んでいる。

　でも、不思議だった。悔し涙は出るものの、母を責める気持ちは全く湧いてこなかった。ただ、母が壊れていくスピードが増しているようで、その方が悲しかった。

　夜がきた。母が眠いと言うのでトイレ誘導し、オシッコを出させた。そのとき、左腿が痛いと言う。見ると、青痣になり始めている。私は、唖然とした。思い出したのだ。母を平手で叩いた直後、母の腿を蹴っていたのだ。また、涙が出た。で、直ぐにシップした。シップしていると小さな母が嬉しそうに、

「ありがとう」

　たまらない。

第52回

腹の立たない薬欲しい

二月十二日。中國新聞本社ビルで、〝こだま友の会交流会〟百五十人の皆さまの前で講演させていただいた。三連休中日にもかかわらず、大勢の方々が来てくださり本当にありがとうございました。

講演時間の合間に多くの激励をいただいた。印象的だったのは、講演後にチョコレート三個を手渡してくださり、涙ながらに、

「後悔しない介護を続けてください。私も昨年、義母を看取ったばかりです」

チョコレートは帰路の新幹線内でいただいた。帰宅し、パソコンでメールチェックすると、数名の方々から暖かいお言葉のメールが着信していた。介護最中の広島での講演。かなり疲れたが、新たなファイトの源にもなった。改めまして、ありがとうございました。

で、久しぶりに岡山から離れたわけだが、広島へは、今までは見るだけだった〝500系のぞみ〟に乗車し向かった。

「広島まで一時間じゃのお！」

私は勝手にそう理解していた。すると途中、前面上段の電光掲示板に、

「ただいまの時速、三百キロで……」

私は単純計算した。

「三百キロ毎時いうことは、広島まで約百五十キロじゃから三十分か？」

本当に三十六分で着いてしまった。私が母の介護を始めて以降、夜の街に出ることもなく、もちろん旅などできるわけもない。つまり、私は完璧に浦島太郎状態に至っていたわけである。この状況がまだまだ続く。でも、踏ん張らないといけないと思っている。

さて、この連載50回を掲載した後、一通の封書をいただいた。真摯で丁寧な文面である。でも、私へのお叱りだった。考えさせられたのは、

「介護する側の、多少の暴言や暴力は仕方がないという思いが見え隠れするからです」

言い訳かもしれない。私は著書の文中に、こうも書いている。

「病気を完治させる薬がないのなら、腹の立たない薬が欲しい」

第53回

反省と自己弁護　堂々巡り

連載の50回、51回で起こったことからの自己嫌悪。あまりに強烈すぎて未だ抜け切れないでいる。

私自身の体内のどこかに鬼畜が潜んでいることが明確になったのだから。いや、私そのものが鬼畜なのかもしれない。

「お母さん、おかあさん」

私が母に手を上げ、脚を蹴ったとき、母はそう叫んでいた。つまり私の祖母に助けを求めていたのだ。祖母も最後はアルツハイマーを患って、特別養護老人ホームで逝った。

叩いたこと、蹴ったことよりこの叫びの方が私の脳裏から離れない。今はまだいい。いつか訪れる母の死。それ以後にこの叫びが私を苦しめることになるはずだ。父親のときがそうだったから。

正直、できることなら今、叩いたこと・蹴ったことへのペナルティーを果たしたい。ペナルティーを果たすといっても、一日一合程度飲む日本酒を断酒することが関の山だ。四国遍路にでも出、難行苦行しながら歩き、そこから色々と猛省したいというのが本音なのだけれど、母はまだまだ生きるし、生きている。

猛省。自分では事件当夜、一睡もできず後悔と反省ばかりだった。でも、新たなトンチンカン行為が飛び出すと我を忘れて怒鳴っている。もっとも、さすがに手も足も出してないけれど。日々がキツイ。

当夜、猛省もしたが、自己弁護に勤しんだりもした。

「事件勃発はお袋がお茶を放り投げたのが出発点じゃったがな。せえでも、それはお袋の病気のせいじゃがな。なんでお袋はアルツハイマーなんかになってしもうたんなら？お袋がアルツハイマーにならんかったら、ワシがこねえに自己嫌悪に苦しまんでも済んだはずじゃがな。そりゃあ違う。元々、ワシという人間は欠陥商品同様なんじゃから。そしたら、欠陥人間が介護するんじゃから、鬼畜になってても仕方ねえか？」

この堂々巡りは一生、私にまとわりついてくるに違いない。

第54回

人前でなじって自己嫌悪

どうにも辛気くさくて仕方ない。母のデカパン、ズボン下、シャツ、靴下等々が天井からぶら下がっている。もちろん私のモノもあるが、洗濯物の乾きが悪く、暖房しているファンヒーターの熱で乾かしている。そんな室内で、五十歳にもうじき手が届こうとしている中年独身オトコがパソコンに向かっている。

で、辛気くさい理由は他にもある。今日も心が痛んでいる。

母が、午前四時頃にオシッコに立ち上がった。寒くなって布団から抜け出すのは正直シンドイ。とはいえオシッコの感覚があるだけ良しとしなければならず、私はトイレに誘導した。オシッコは問題なく済み、部屋に戻り私は布団に潜り込んだ。

ところが母は、めくれあがっている自分の布団の前に正座して座っている。

「和ちゃん。はよう布団の中に入れ。風邪ひくで」

インフルエンザ予防接種は受けているけれど、風邪は万病の元だ。母はまだ正座したまま。

「はよう布団の中に入ってくれえ」

お願いするも、母がトンチンカンな行動を起こす。

「モシモシー？　モシモシー？」

めくれている布団の中に向かって叫んでいる。私の言う〝布団の中に入れ〟という言葉の意味を理解できないでいるのだ。

こうやって、こうやって、身体を入れるんじゃねえか。私が見本になって母の布団の中に入る。母はそれで納得し布団に潜ってくれたけれど、私は再度の眠りに入れなかった。

朝食は問題なく食べた。オシッコに行くというので連れて行くとウンコが出だした。固い。トイレで十五分を費やした。背中に悪寒のようなものが走る。

歯磨き。歯ブラシをちゃんと渡しているのに目の前にある石鹸で口を磨き始めた。一事が万事だ。

私はイライラが募っていた。そこへデイサービスからお迎えの車。送り際に一言。

「もう、帰ってこんでもええで」

他人様の前で母に恥をかかせてしまった。私は弱すぎる。

第55回

日々、作り話のようなこと

母には不運だった。今、私の側で遊んでいる母の右目縁がアオタン状態。私の拳がヒットしてしまったのだ。

「あーーあ!! またか、こいつは」

と瞬時に思われた読者ばかりだと書き進めながら推測するが、これは本当に私の意志とは全く関係なく偶然からの結果だった。もっとも、母が通う介護職員の方々にも当然信じてもらえないような気もする。でも、これは辛い。だけど、私の普段からの不徳では致し方ないのかもしれない。理解してもらうのは諦めよう。

で、なぜアオタンになってしまったか?

母は遊んでいた。母の万年床周辺にあるガラクタで。私はトイレに入った。小便だから、わずか数十秒だけ母から目を離したにすぎない。トイレから出た。その途端、私の目に入ってきた光景は凄まじかった。テレビと室内アンテナをつないでいる配線コードを引きちぎり、母は配線コードをも噛みちぎろうとしていた。

「アホウ!! なんしょんなら」

私は母の手を押さえ配線コードを口から離そうとしたその時、私の右拳が逆手のような形で母の顔面を直撃・殴打してしまったのだ。

当然、母は怒り剥き出し。叩かれた、としか判断できないのだから。

ただ、母が配線コードを噛みちぎろうとした行為について過去の生活歴から理解はできる。母は乾物屋に勤務していたから梱包作業も仕事の一部だった。つまり、ヒモなどでいろんなモノを括って遊んでいるのが好きなのだ。本人には遊んでいる自覚はなく、仕事のつもり。ただ、そのヒモが見あたらず、配線コードで括ろうとしたと想像はできる。なんでもありの世界で母は生きているのだし。

しかし、作り話のようなことが日々起こるアルツハイマー病患者周辺。私の学生時代の後輩は、アルツハイマー病を患っていた実母の火の不始末（この頃、なんとか家事はこなしていた）で実家が全焼してしまっている。

第56回

離れて忘れられたくない

母が通っているデイサービス管理者であるKさんからメールが届いた。古くからの私の友人でもある。メールには言いづらいことをキッパリ。でも嬉しかった。

●Kさんから
和子さんの病気進行は、悲しいかな確実だと感じてます。野田さんの限界が来る前に、ショートステイを利用するように勧めないといけないなあ、と職員一同で考えてました。野田さんのショートへの抵抗は十分わかってはいますが、野田さんが手を出さざるを得ない状況がわかるだけに離れた時間が必要に思えます。和子さんは以前より泣くことが増えました。何か訴えようとして泣かれます。

長い目でみて馴染みのショート先をつくっておくのはいかがですか？　和子さんなら、どこのスタッフからも可愛がってもらえると思います。一度、考えてみてください。

野田さんの病気（高血圧症と自律神経失調症）にもしものことがあったら、和子さんは一人になります。さしでがましいことを並べました。お許し下さい。

●私からの返信

ご配慮ありがとうございます。お袋は確かに、我が家でも泣くことが増えました。

さて、ショートの件ですが、Kさんの言う通りだと私も思います。来月にはケアマネジャーを通じてどこかのショート担当の人に来てもらおうかと以前から考えていました。

ただ、利用するかはまだ不透明です。キッパリしたいのですが。でも、お袋の進行度を見ていると、あと何年生きられるのだろうと考える私がいて躊躇しているわけです。まあ、それまでに私が絞め殺したらどうにもなりませんけど。

でも、これが我が家流の在宅介護かもしれません。上手く説明できないのですが、ショートへ入れるとお袋が私のことを忘れてしまいそうで、それが悲しいのです。基本的には、お袋のことがスコブル好きなもので。少し考えます。これからもヨロシクご指導ください。

第57回

自分自身ウッカリ忘れ

以下に記すこと全ては、二月一日から二十日までに遭遇した私自身のポカが源である些細な事件ばかり。とはいえ、些細とばかり言ってられないのではないか？　少々、恐怖にかられている。

まず最初。公共バスの中でバスカードを紛失した。次のバス停で下りるため、定期入れから出しポケットに入れたのだけれど、ない。座席の下から通路、さらには身体中のアチコチ探したのだけれど出てこなかった。この時点では、単にバスカードを落としたものと考えた。

それから約一週間後。市立図書館にＣＤを返却に行った。返却し終え、新たなＣＤを借りようと探していると返却窓口から私の名前が呼ばれた。

「このケースの中にＣＤが入ってないんですが？」

思い出した。その一枚だけ、カセットレコーダーに入れたままだった。その事実を職員に伝え、翌日に持参することで解決。

その足で一階下にある図書コーナーに向かった。借りたい本が貸し出し中だったので、予約をいれるために予約票が置いてある机の上で筆記した。その予約票を職員に渡し、私は図書コーナーをウロウロ散策していた。すると、私の名前がまた背後から呼ばれた。

「野田さんですか？　この定期入れが予約票のある机の上に置かれてました」

私は礼を言い、そそくさと図書コーナーから離れた。わずか十五分内に二度のウッカリ。瞬時に、〝若年性アルツハイマー病〟という言葉が脳裏を過ぎった。

しかし、それをうち消す理由はあった。

「二年半の介護疲れじゃのお」

ところが、数日後に新たな事件が。電話が鳴った。私の口座がある銀行からだった。

「野田明宏さんですか？　先日、わたくしどもの××支店に寄られませんでしたか？　キャッシュカードをお預かりしておりますが」

直ぐに財布を確認。カードが財布の中になかった。

母。母の母（祖母）、そして母の実姉もアルツハイマーだった。私にまで遺伝？　神経質にならざるをえない。

第58回

排便中でも息抜けぬ介護

最近、私は〝赤裸々ライター〟なる名誉ある称号をいただいた。経緯は、私の唯一、安らぎと憩いの場である岡山市内のギャラリー喫茶が中国新聞岡山支局の近所にある。このマスターが掲載日の火曜だけ支局へ買いに走り、第一回からスクラップとして置かれている。それを読んだ常連の翻訳家がこう言い切ったのだ。

「野田さん。こりゃあもう〝介護ライター〟じゃのうて〝赤裸々ライター〟じゃが」

そして、今回も赤裸々な話し。

一月のことだった。私が排便していると、母が叫んだ。

「学校（我が家ではデイサービスを学校と呼んでいる）へ行ってくらあ」

同時にガラス戸が開く音がした。私は瞬時に〝危ない!!〟と直感。玄関ドアは鍵がしてあったから母には開けられないけれど、玄関を入っての上がり口は三十センチほどの段差がある。以前、ここで何度か転倒している。

私に迷いはなかった。肛門にペーパーを挟み、そのまま玄関口に直行。母は、算盤だけを持って立っていた。その後、母をデイサービスに送り出し、私は便の付着した私のパンツを手洗いした。

二月。今冬一番の寒気が中国地方を覆ったときだった。我が家のトイレは外気ほどまではいかないまでも、その影響をモロに受ける。トイレに暖房機器はない。

私は排便中だった。トイレのドアが開いた。振り向くと、母がパンツ一枚に右足にだけ靴下を履いて立っている。

「どしたんなら和ちゃん？」

母がイライラしているのだけは分かる。

「ウンコか？」

頷いた。アチャー!! 風邪を引かせたくない。肛門にペーパーを挟んでいる余裕もなかった。母を便器の上に立たせパンツを下ろす。下ろしたときにはもう、ウンコが顔を出しており、勢いよく巨大なウンコが落下していった。母にとっては八日ぶりの排便だった。

一方の私。肛門の周囲にウンコを付着させ、改めて排便に臨んだ。笑ってられない方々も少なくないに違いない。

第59回

思わず素手で摘便初体験

二月二十三日。摘便《てきべん》を、母に対して偶発的に行った。

摘便がどんな行為か？　簡単に言えば、便が肛門の入り口まで来ているのに、硬くて詰まって出ないのを指先でほじくりだすと考えてもらえれば正解。摘便に関するある医療関連の資料を読むと、

〝摘便をするときは、ゴムの手袋をはめ、人差し指の先にワセリンなどの潤滑油をつけて、腸粘膜を傷つけないように注意が必要です〟

今号も前号に続いて大便の話しで恐縮だけれど、摘便初体験について記す。

朝食を済ませた少し後、母が左腿辺りが痛いと訴えた。どこかで転倒したかブツケタかな？　と思い、私は腫れていないか確認のためズボンを下げた。すると、尿採りパッド（母に失禁が始まって紙オムツとパッドをしている。失禁については次号で）に若干の便が付着している。

実はこの日までの九日間、便が出てなかった。母は元気な頃から一週間くらい溜めていても平気というか、それがリズムのようだった。とはいえ、元気な頃のように自己管理・調整できない。恐いのは宿便からの腸閉塞だ。

私は母をトイレへ誘導。即、ウンチングスタイルの姿勢をさせた。ただ、母は〝息む〟という行為を忘れ始めている。肛門からウンコの先が顔を出しているのに。

「和ちゃん。お尻の穴に力を入れえ。気張れえ。ここに（私の指で肛門付近を押して）力を入れるんじゃ」

母は記憶を戻したらしく息み始めた。とはいえ、出ない。十五分間が経過しても親指の先ほどくらいしか出ない。寒いはずなのに母は、

「アチーばあじゃ」

踏ん張りつづけているのだ。足腰も限界だろう。ただ、ここで諦めるわけにはいかない。私は思わず、素手の右人差し指でその便をほじくった。硬い。石だ。改めて肛門側壁にネジ込んでみた。

「イテー!!　なにすんで？　死んだ方がましじゃあ!!」

母の怒りの叫びと同時に、巨大なウンコが一本、落下していった。

第60回

「トイレ」サイン分からず

母に初めての失禁があったのは、昨年の十二月二十四日の午前四時頃だった。もっとも、玄関口にしゃがみこんでオシッコをしたりすることは何度かあった。とはいえ、その状況はズボンもパンツも下ろし、そこをトイレと思いこんでオシッコをしているかのようにも見えた。しかし、二十四日のは完全に失禁だった。

母は、自ら起きてトイレに向かおうとしていた。向かおうとするも場所が分からない。ウロウロする。私はその時点で目が覚め母をトイレに誘導しようとした。電気を灯した。母の後ろ姿に、なにか違和感がある。ズボンのお尻の辺りが濡れているのだ。早々に万年床を確認してみた。やはり、ここも濡れている。

「和ちゃん、ズボンを脱いでみい」

脱ごうとしないので私が強引に脱がせると、そこはオシッコまみれになっていた。母に失敗したという自覚はない様子。濡れているので気持ち悪いとは感じているようだった。

私は混乱した。とにかく部屋を暖めなければならない。私たちが眠る部屋と隣の部屋のファンヒーターを全開ほどにＯＮ。新聞紙を畳の上に敷き、母の上下半身に着ているモノも脱がさないといけない。キッチリ、背中までもが濡れているのだから。

ただ、母はその状況になってもなんだか落ちついていなかった。そのサインは感じたのだけれど、母が何のサインを出しているかまでは理解できなかった。

ズボンとパンツは下ろした。上半身に着ているモノを脱がせようとした途端、母の下半身からオシッコが勢いよく吹き出した。私は思わず、脱がせたズボンで尿道辺りを塞ごうと異常行動。でも、そんなことをしても溢れでてくる。母は、失禁した後、残りのオシッコを出そうとトイレに向かっていたのだ。勢いがおさまったとき、二畳四方がオシッコで汚れていた。母がオシッコを踏み、その足で歩いたからだ。

この続きは次回に持ち越すが、私はこの日を界に禁酒を続けている。

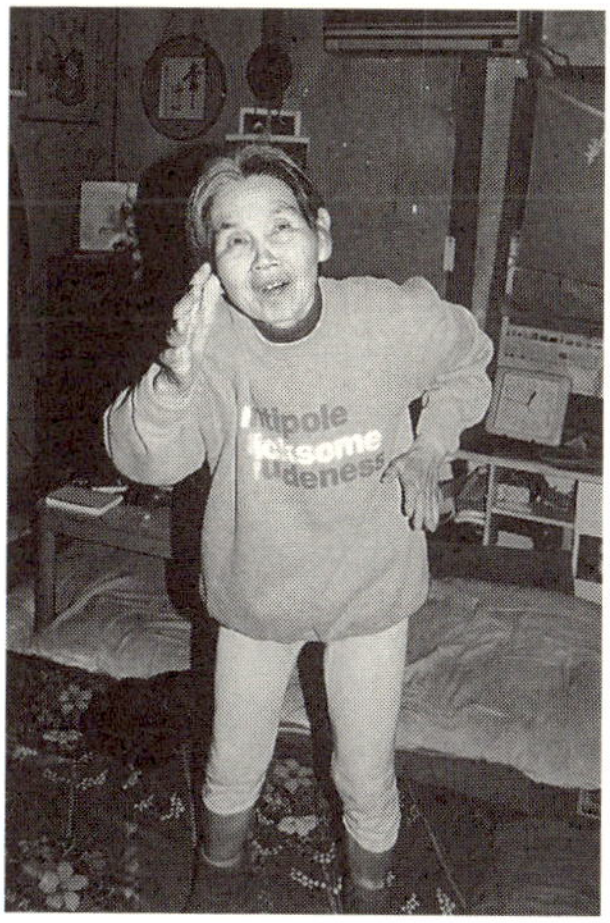

第61回

切なさと自己嫌悪から涙

前回からの続き。

あまりに突然の出来事だった。奇襲攻撃を受けたような心境でもあった。確かに、失禁がいつの日か必ずおとずれることは理解していた。ただ、やはりそれが現実になったとき、私の理解はイメージだけのものにすぎなかった。身体で受け止める覚悟はできていなかったのだ。母の脚を叩いた。お尻も叩いた。母が泣いた。私も泣いた。母の涙は怒りからだろう。私の涙は、切なさと自己嫌悪から。

一段落して、母と一緒に私の敷き布団に入った。母の敷き布団は別の部屋に置いた。敷き布団の余りはあったけれど、母と一緒に同じ布団に入りたかった。母への詫びの意味もあったと思う。母を叩き、罵声を浴びせ、わずか十数分しか経過していないのに、母は私の数センチ目前で微笑んでいる。とても嬉しそうに。

涙というのは枯れることがないのだろうか？　母の微笑みに接しながら、自分の不甲斐なさに更に涙が溢れ出す。

この日の朝。母は元気良くデイサービスNに向かった。そして帰宅。車から下りてくる母は、家を出たときのズボンとは違うズボンを履いていた。送ってくれたKさんからデイサービスでの失禁の経緯を聞かされ、懇願されるように、

「野田さん。和子さんを怒らんであげて」

嬉しかった。母をかばってくれる。どうもいけない。その言葉に、また目頭が熱くなった。その言葉に私も励まされた。大量の洗濯物。元気を出して部屋中に干した。

この日を界に、母の失禁が常習化へと向かう。二、三日、調子が良く失禁のない日もある。でも、紙オムツは外せない。先日など、横向きで寝ていたせいもあるのだけれど、尿採りパッドから紙オムツ。そしてズボンに染みこみ、敷き布団までオシッコが到達していた。わずか四時間の間に五百CC放出。この時ばかりは驚きが先に立ち、私は大笑いしながら母の着替えに勤しんだ。

今、不憫なのは、母のお尻がかぶれだしたことだ。

第62回

悪臭と感じぬ「母の香り」

母が元気にデイサービスに出陣したあと、私は洗い物を済ませ、今パソコンに向かっている。現在進行形でキーボードに文字を打ち込んでいるわけだけれど、右手からホンワカと便臭が漂ってくる。母のウンコの香りだ。

実は昨日、デイサービスで排便したとの報告があった。母がデイサービスの洋式トイレで排便したことは過去に一度しかなく、その話しを聞いた時点では手放しで喜んだ。六日間、排便がなかったから。

ところが、母は最初、紙オムツの中にウンコを出していたとのことで、それから更に排便を促したとのことだった。量的には、私が知る母の排便量よりは少なく感じた。

案の定だった。帰宅してから母は、チビチビとほんの微量だけれどもウンコを放出し続けた。紙オムツに尿採りパッドと二重防御だから微量放出に問題はないのだけれど、母の肛門周辺がウンチまみれになり、時間が経過すると固まってしまう。

私は、その微量放出が止むことを願い帰宅してから今朝のデイサービス出陣まで、紙オムツを上げたり下げたりを何度か繰り返した。期待はその都度、裏切られた。トイレットペーパーばかりで拭いていたので、母の肛門の周囲が切れた。血が少し滲みはじめた。

作戦を変えた。ぬるま湯にタオルを浸け、絞る。それで拭いてやるようにした。母には気持ち良いはずだ。ただし、これは手間がかかるし、後で洗い直さないといけない。そんなタオルが四枚、これから洗濯待ち状態で放置されてある。

とはいえ、この手の香りを悪臭だとは感じない。母のウンコにオシッコ。私の手の中か紙オムツ内に放出してくれればＯＫ。母のモノだから。

確かに最初は嫌だった。汚かった。でも今、ウンチにオシッコは〝母の香り〟〝和ちゃんの臭い〟になってしまったのだから。

この原稿を書き上げた後、私は少し眠る。母の香りがスコブル染みついた、母の敷き布団と掛け布団に包まれて。

第63回

素直に聞けた「頑張れ」

「野田、頑張ってお母さん看たれえよ」

「頑張りょうるなあ。親孝行しょうるが」

「お母さんにはあんたしかおらんのじゃから頑張るんよ」

頑張れ、ガンバレ、がんばれ。

善意からの励ましとは理解しながらも、〝頑張れ〟をいたるところで聞かされたのでは正直、反発心も芽生えた。

「頑張れ、言うなあ簡単なはのおホンマ!! そんなら、これ以上どねえ頑張ったらええんなら? 手本、見せてくれえオドリャー!!」

などと。

「介護生活暴風圏内にいる人に、頑張れ、は禁句ですよ」

と、昨年、東広島市での講演でも力んで吠えたような記憶がある。だから私は反抗心もあって、ギリギリの所にいるのだから〝踏ん張れ〟〝踏ん張る〟という言葉を徹底使用した。ところが今、私は少し変わった。頑張れ、という言葉を素直に受け入られるようになった。

というのも、母と私を囲む人たちの声と行動が、私の意固地に活を入れた。

母は今、二つのデイサービスに通っている。で、互いを知らない二つのデイサービス職員等が一つの場所で、母のこれからを、異なるデイサービスでどう対応していったら良いのかを情報交換し考えてくれた。一方のデイサービスは休日だったにもかかわらず。

もう一つの例。母はこの三月から要介護4という介護度になった。要介護4とは、重度の介護を要するという範疇だ。ジャムパンを食べればジャムが手にベッチョリ。歯磨きも一人では不可能。トイレの感覚も失いつつある。

私は、母と同じ介護度の認定を受けた実母を介護する介護職の友人に質問した。彼女も試行錯誤の中で葛藤していた。ただ、こんな言葉を授けてくれた。

「野田さん。あんたよう頑張っとる。そろそろお母さんと距離（ショートステイを指している）を置いた方がええよ。少し考えられえ。一日二日ぐらいならお母さん預かるから」

周囲の優しさに、私の意固地は完璧に脱帽した。

第64回

限界……ショートステイ決意

四月一日。私はある決意をした。身も心もクタクタになり果てた挙げ句のことだった。ズバリ。ショートステイへ母を一泊二日であずけることにした。正直、二泊三日は欲しいところだけれど、お試しということで最短にとどめる。

ショートにあずける決意を促す決定的な四日間があった。三月二十八日に日付が変更した頃から母はチビチビとウンチを放出するようになった。これは豪快なウンコを放つ前触れの状態であり、こんなリズムが今年になって始まった。ウンチは少量でも臭うし、そのまま放置していると尿道口を汚し尿道炎・膀胱炎を誘発する。だからキッチリと濡れタオルで拭いてやらないといけない。

三十日の早朝。母は素晴らしいウンコを放出した。とはいえ、ここに至るまでの経過は半端ではなかった。ややこしいのだけれど、二十八日の夜から二十九日の早朝にかけて、オシッコ誘導を数回。それに摘便を二回。摘便に必要とした一回の時間は約三十分。結局、出ず終いだったのだけれど、この夜は一睡もできなかった。

三十日の夜はそこそこ眠れた。前夜、私も眠れなかったけれど、母も眠らせてもらえなかったのだから母も眠った。

三十一日の夜から四月一日の朝にかけて。母は布団の中にいて目をパチパチ。時々起きあがってはウロウロ。これに付き合わされた私は一睡もできず。ウロウロする足めがけて私の手が飛ぶ。足払いをして母を布団に寝転がす。母が深夜、イテーと声高に叫ぶ。睡眠不足と猛烈な自己嫌悪で私自身が発狂しそうだった。自律神経にも影響していたらしく動悸もかなり打っていた。

「このままでは母を殺してしまうのではないか?」

自分を律せない。私が私をコントロールできない事実は把握できた。

四月一日。朝一番で電話を入れた。

しかし、世の中そう甘くはなかった。私が最も信頼を寄せている施設のショートステイは四月イッパイ、空きがなかったのだ。

第65回

これからも日々試行錯誤

猛烈に切なかった。私の目の前にいた母は、普段の穏やかな母とは異なる全く別人格の母だった。

「アホウ!!」

四月六日、桜まだ半開の日。デイサービスSが催した花見の席での衆人承知の中で、私は母から厳しくも悲しい表情で罵倒されてしまったのだから。

理解はしている。母が言っているのではない。アルツハイマーという病気が言わせているのだと。しかし、二年と九カ月目に入ったマンツーマンでの在宅介護。模範になる介護とは無縁ではあったけれど、私は私なりに踏ん張り、玉砕覚悟の時期もあった。それなのになぜ？　納得できない私が私自身に問いかけ、デイサービス職員の前から逃げたかった。いや違う。花見が予定時間の半分にさしかかった頃、私はその場から離れ帰宅したのだ。

帰宅途中、自転車のペダルをこぎながら私は悩んだ。

「あんなんでショートステイは大丈夫じゃろうか？　一人ポツンと置き去り状態で放置されてしまうんじゃねえか？」

食事は一人でできない。歯磨きもダメ。トイレはサインを発するけれど、介護職といえども普段から接してないとそのサインの意味を理解できないはず。サインを発していることすら察知できないに違いない。

前回、体力・気力の限界を感じ、四月一日に私が信頼を寄せるショートステイに決意の電話を入れるも、四月イッパイは空きがなかったことを記した。

その後、試行錯誤したあげく、五月四日から五日にかけての一泊二日でショートへ母を託すことにした。私にしても、緊張感が無くなることが恐い。それは、在宅介護継続の源を消去することだから。そういう過程があっての新たな悩み勃発だった。

結論。一日一日を行き当たりバッタリ勝負するしかないだろう。明日が見えないのだから。

さて、連載は道半ば状態の今回で幕となります。一年三カ月。読者の皆さまから多くの温かい励ましをいただきました。

心から、ありがとうございました。

第一章は、平成十六年三月二日～十七年五月三十一日に中國新聞に連載された、「アルツハイマーの母のそばで」に加筆・修正のうえ写真を加え、整理し直したものである。

第二章　過去最大の危機

――在宅介護千日前後――

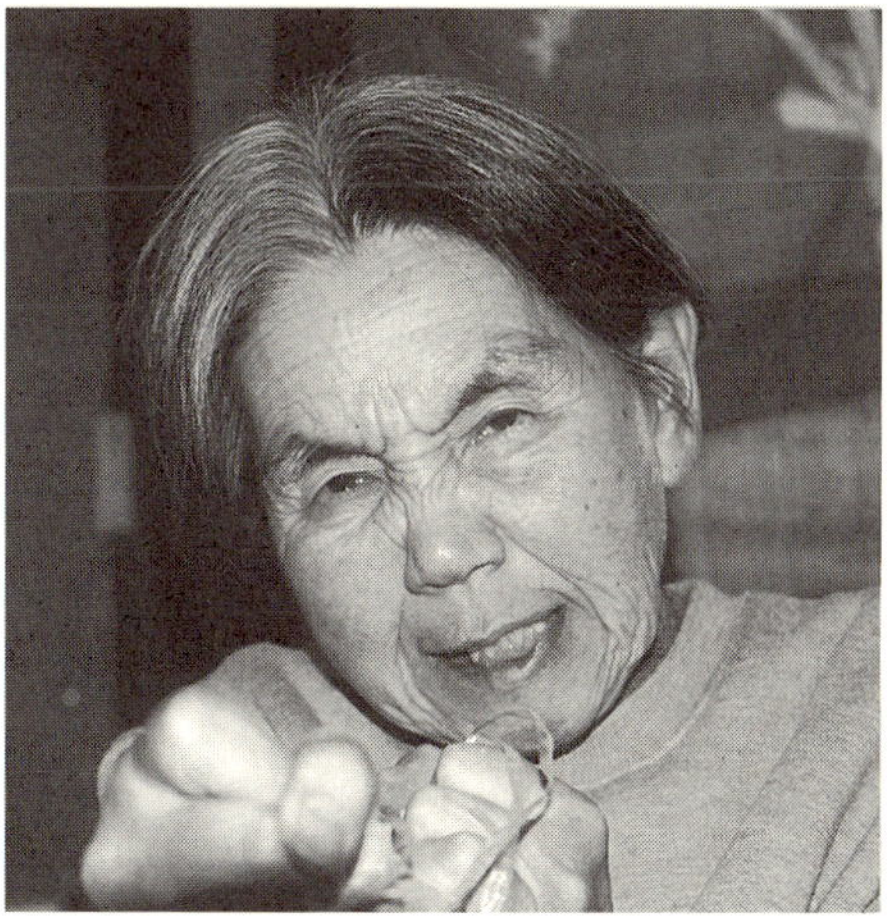

第二章は時系列どおり、第一章の中国新聞連載を書き終えてからの出来事です。で、考え、悩みました。第二章の文体・構成も引き続き、第一章同様で進めようか？ただ、この第二章は母の在宅介護を始めて約千日前後の事件と心の葛藤が中心になります。

というのも、在宅介護を始めて以降、最大の危機に見舞われてしまうからです。在宅介護崩壊？ 読んでもらう方々にどう展開すればより一層リアルに伝わり、在宅介護最前線の厳しさを理解してもらえるか？

結論は、日記をそのままの形でここにスライドさせるのがベストだと判断しました。その瞬時瞬時の葛藤を、ほぼリアルタイムで書き残してきているからです。

ただ、固有名詞等ではプライバシーの関係もあり、新たに手は入れさせてもらっています。

では、ページを開いた途端にあらゆる意味で仰天されるかもしれませんが、母子にとって過去最大の危機へご案内いたします。

四月十二日　新たな始まり

十二日午後八時二十分。

ついさっき、看護師をやっている従姉妹の貴美子が我が家から自宅に向かった。仕事帰りに貴美子に寄ってもらったのには当然、理由がある。これからは、貴美子がオレと和ちゃんの介護人生に大きく関わってくることになること間違いないからだ。

実は和ちゃん、やはり左脇の肋骨が骨折していた。二本も!!　S病院から帰宅し、オレは和ちゃんが不憫で一人泣いた。勝手に涙が溢れた。オレが叩いて和ちゃんの肋骨が折れた。

デイサービスSから帰宅したとき、所長のMさんから、和ちゃんがかなり痛みを訴えていたと報告を受けた。病院で診断するよう強く勧められた。

四時半から外来をやっているS病院へ行った。ここは元々が整形を基本とする病院だった。和ちゃんはアルツハイマー。病院で診断を受けさせるということは至難。でも、やるしかない。

この時間の外来は空いていた。十分ほどで診察室へ。オレの虐待であることを素直に話した。突然、こんな声が。

「野田さん。新聞に掲載されとったばあじゃが。もう、本が書けんよ」

看護師長さんから笑いながら、オレたちのことを知っていることを告げられた。

レントゲン室に入った。和ちゃん一人では無理だった。だからオレも一緒に入った。腹に鉛の腹巻きをして。

写真を見せられた。素人目に見ても、二本の骨が折れているのが分かる。Mさんの説明では、くしゃみをして肋骨が折れた老人もいるそうだから、オレもとんでもないことをしたもんだ。ただ、オレと一緒のときはあまり痛みを訴えない。今、和ちゃんはバストバンドをして熟睡している。厳しい状況であれば布団で寝ることもできないと貴美子が説明してくれた。

骨折していたことをデイサービスSに報告。デイサービスNのKさんにも知らせた。誰もオレを責めない。オレが落ち込んでいるのを察知しているのだろう。

オレは情けない。でも、今、オレがオレに罰を与えるわけにはいかない。キッチリと和ちゃんのフォローをしなければ。虐待しといて、そんなことができるのか？　自問自答の世界に入り込む。

とにかく、和ちゃんが逝ったあとにミソギはする。今は、和ちゃんの骨の回復に向けて前進あるのみだ。

和ちゃん。本当にゴメン。

でもなあ、正直なところ、帰宅して和ちゃんが電気の配線コード差し込みを踏んづけていた。怒りが湧いた。耐えたけれど、オレの辛抱などはそんなもんだ。

また、夜が来た。

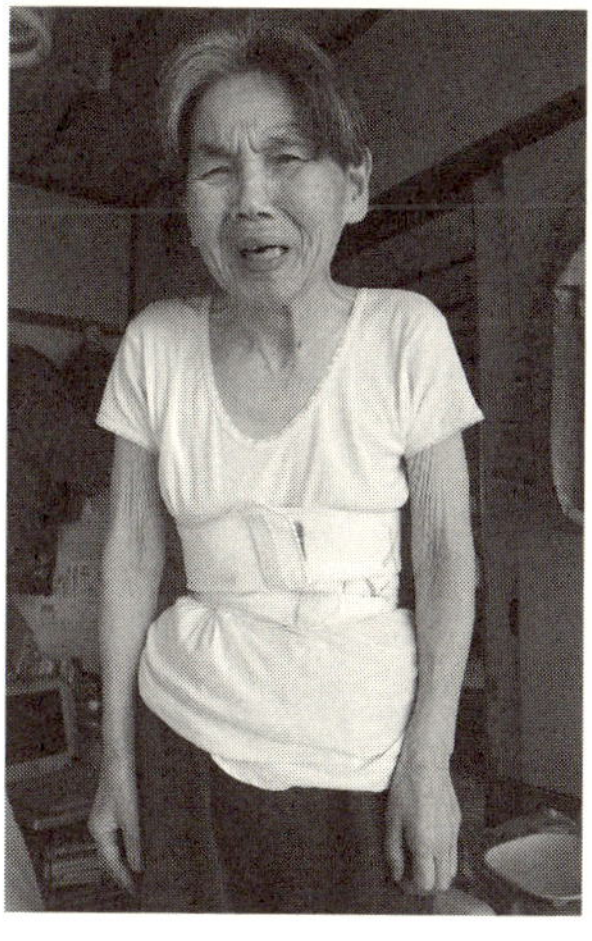

四月十三日

昨日の日記で書き忘れていたけれど、貴美子には十八日午後三時半に我が家に来てもらい、デイサービスSへ和ちゃんを迎えに行き、そこからS病院へ向かってもらうことにしている。一人では半端ではなくキツイ。昨日、病院から帰宅時のタクシー運転手の表情には〝迷惑〟と〝蔑み〟が見えた。

昨日の夜、和ちゃんはかなり痛かった様子で、眠っていながらも唸っていた。見ている方も辛く、なんともしてやれないもどかしさ。

ただ今朝、午前六時半に布団から一人で立ち上がり、岡山へ行くとハッキリ言った。和ちゃん。オレにニコッと微笑みデイサービスSへ。十八日、デイサービスNの予定をデイサービスSに変更してもらうことをMさんから了解をもらう。デイサービスNのKさんにも報告。ケアマネジャーのHさんにはもちろん。二十一日ショートステイ保留していたO病院はキャンセル。

四月十四日

やはり、O病院のショートについての詳細を把握しておく必要ありと再考し電話を入れた。三階病棟担当者のWさんから話しを聞く。夜間は六十人を看護師と介護職員二人で見守っているものの、日中は五、六人体制とのこと。転倒などが心配な利用者に対しては、職員の目の届く範囲の部屋に入ってもらうとのことだった。和ちゃん。もしかすると大丈夫かもしれない。改めて一度、訪ねる必要がありそうだ。

今朝、和ちゃんに問いかけた。

「ワシ、和ちゃんの子どもで！」

「嬉しい!!」

手を叩いて泣きながら喜んだ。理解できているのか？　できてないと確信するけれど、なんだか切なくも嬉しかった。

そして昨夜から、トイレまで誘導して尿採りパッドを替えるのを止めた。最近は、パッドへ出し切っているみたいだ。夜間は、排尿に対してもう少し許容量のあるパッドを使用するのがベストだ。

四月十五日

今朝、和ちゃんは普段通りデイサービスNへ。歯磨きをしてデイサービス出陣三十分前、オシッコ誘導するも出ず。十分前に着替えを始めると臭う。シッカリ尿採りパッドへ出していた。イライラ。しかし我慢。肋骨骨折の件もあるけれど、和ちゃんが夜中、オシッコ自己申告しなくなりオレは以前より眠れるようになったから忍耐できるのかもしれない。和ちゃんは確実にレベル低下。パッドの中に出しっぱなし。だから起きない。幸か不幸か？　今のオレには。

Kさんから連絡あり。和ちゃんに水虫復活。夏物靴下を使用することと、水虫対抗薬を塗ることを勧められる。

で、今日の午前中、ショートステイを利用する予定の特別養護老人ホームK園に寄ってきた。生活相談員のNさんに案内され、和ちゃんが使用することになるだろう部屋とベッドを見てきた。四人部屋。本来ならば、利用初回で不安のある人には職員が控える部屋から見える二人部屋を利用するとのこと。ただ、現在は体調を崩した利用者さんが使用しているこどもあり四人部屋で、ということだった。体調が戻れば、和ちゃんはその二人部屋へ。

正直、安心より不安が先行するに至る見学だったけれど、致し方ない。紙オムツと尿採りパッドは介護保険適用で持参する必要なしとのことでもあった。

現在時は午後一時三十五分。和ちゃんは今朝まで、またまた八日間の便秘？　今日は摘便をお願いしてある。ドカーンと出ていてくれると助かるのだけれど。

次から次へ問題噴出で、肋骨骨折事件に対して落ち込んでいる余裕がない。

四月十六日

今朝は午前九時の時点で気温が十五度。暑く感じる。

昨夜は和ちゃん。どうしたのか？　二度、夜中に起きだし〝トイレへ行きたい行動〟。そしてジョジョジョー。完璧。昨夜は久々に尿採りパッドを替えることがなかった。

で、昨日はデイサービスNで摘便をしてもらった。やはり和ちゃんは固まり、肛門が上手く開かなかったとのこと。手の平にのる程度には出たらしい。Kさんからは、

「ウンコが出んかったらウチでやるから野田さんはせんほうがええよ」

との電話連絡。素人のオレがやると肛門を傷つける可能性大ということで危険。緊急時のみ対応ということにしよう。

四月十七日

今朝八時、和ちゃんは四百CCの排尿。午前三時半に百二十CC出して安心していたのだけれど、下半身に着ているモノ全てを交換。尿採りパッドの尿五回分ＯＫというやつでも使用しないと安心感がなくなった。今日も頻繁に出しているからパッド交換に追われている。昼前に散歩した。五百メートルほど。最後はどうしても前のめりになり、パーキンソン病とよく似た動作になる。

一緒に遊んでやりたいのだけれど、言葉が通じない。側にいて見守るだけでやっとかな？　とにかく、やらなければ、してあげないといけないことが多すぎる。

四月十八日

しかし暑くなってきた。和ちゃんに着せるモノについて悩む。靴下は完璧に夏物へ。水虫も良くなってきている。

オレはクシャミがク、ク、ク、クシャミが。花粉症か？

さてと。今夕は和ちゃんをS病院へ連れていかないといけない。今、午後二時前。風呂上がりだ。

四月二十日

もう、書く気力がなくなった。
和ちゃんのクソとションベンまみれだ。

四月二十一日

昨日朝、中國新聞へ一本。夕刻から、そして和ちゃんが寝て山陽新聞へ五本のコラムを送信。疲れ切っているところへの和ちゃんのウンチピチピチでオレはもう完璧に発狂モドキ。ウンコが肛門から顔を出しているのに和ちゃんは息まない。摘便に要した時間は二度で三十分。

摘便してないときにもチビチビだからどうにもならない。まあ、かなりのウンコを掘りだしたけれど、オレは最後は人差し指をそのまま手袋なしで突っ込んだ。摘便のあとに夕食だったから、箸を口に運ぶ度に和ちゃんのウンコの香り。

こんな人生、よくやっていると思う。もっとも、和ちゃんだってオレに叩かれながらも踏ん張った。脚とか手を叩かないと、どうにもこうにも事が前進しないのだ。

オレは完璧に壊れていっている。いつか、オレ自身の治療で、精神科の門をくぐるときが必ず来るに違いない。ような気がしてならない。

四月二十二日

現在時が二十二日午前九時五分。和ちゃんがデイサービスNへ出陣するまであと少し。和ちゃんはオレの隣で体育座りをして静かにしている。

今朝、オレはまだ怒っていない。一度も。スコブル珍しい。和ちゃんが深夜と今朝、オシッコを自己申告。朝食ではお茶をスンナリと飲み干してくれた。算数の五＋五も（ジュウジュウ）と応え正解？　歯磨きでは、磨いたあとのグジュグジュが完璧。なんと素晴らしく爽やかな一日の始まり。

この一瞬時で終わりだろうけれど、怒らないで過ごせるというのは身体に良い。

四月二十三日

昨日デイサービスNから帰宅し夕食後、和ちゃんは大量の排尿。パッドの当て方が不十分だったのか紙オムツも交換。これだけならいい。和ちゃんが交換時に脚を上げない。何度言っても脚を上げない。脚を叩いたら、金玉を蹴られた。和ちゃんは金玉を蹴ったという意識はないのだろうが、猛烈に痛い。お返しに太股を蹴った。肋骨が折れていようが我慢できない。二人で唸っていた。

四月二十四日

荻原浩の『明日の記憶』（光文社、二〇〇四年刊）を読んだ。若年性アルツハイマーを題材にした超話題作。最後での主人公と妻の再会？　の場面があまりにも切ないのだけれど、久々に、書きたい症候群が湧き出てきた。日記ではない。ルポルタージュ。

この本の中で、〝生きることまで忘れてしまう〟と主人公は悩むのだけれど、和ちゃんもウンコを息むことを忘れ、食べたいという欲求もほとんど無くしかけている。

で、アルツハイマーの一般的症状に〝多幸表情〟という、ウッスラ微笑んでいる状態が多いことが記されていたが初耳だった。詳しく調べてみよう。ネットで検索しても詳細が分からない。

さて和ちゃん。今日も朝からオシッコをパッドに出し続けている。オレなんかもう、切ないことと出会うことは通り過ぎたような気がする。切ない、と感じなくなったのか？諦めなのか？　でも愛おしい気持ちは変わらないし、怒りのマグマは常にドロドロ沸騰だ。

四月二十五日

今朝、和ちゃんの介護を開始以来、初めて拘束した。両手を手錠のように。切なく……。そういえば昨日の日記には〝切なさ〟は卒業したかのように記したけれど、和ちゃんが両手を縛られてチョコンと正座している姿は忍びがたく切なかった。ただ、オレはゆっくりと排便をしたかったのだ。今朝、和ちゃんはウロウロと動きが激しかった。過去、何度か和ちゃんに排便を途中止めにさせられており、ウンコを肛門に挟んだままトイレから飛び出たこともあった。

たぶん、今日あたりでアルツハイマーを宣告された日から千日になるはずだ。拘束は在宅介護の敗戦だろうか？　もっとも、介護職に和ちゃんを拘束されたらキッチリ沸騰するオレの姿が想像できるけど。勝手なもんだ。

そうそう。深夜、和ちゃんの尿採りパッドを替えようと和ちゃんを目覚めさせ、両脇に手を差し込んで起こそうとした。和ちゃんがオレにぶら下がった。和ちゃんの体重は四十キロに満たないが、オレの左背筋から脇腹にピシッ。骨も痛い。罰が当たったかな?

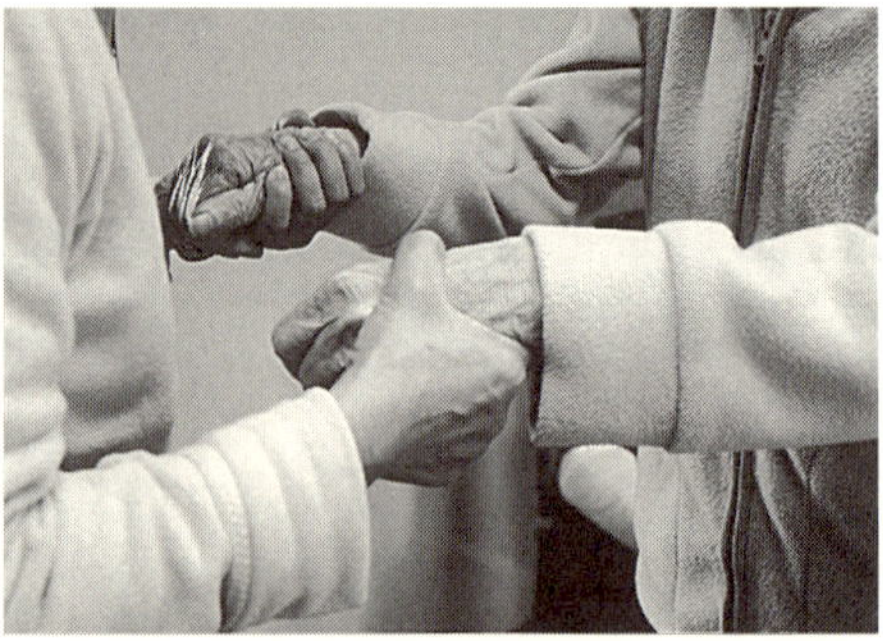

四月二十六日

昨日、京都のミネルヴァ書房より連絡あり。中國新聞連載の〝アルツハイマーの母のそばで〟を核とした本を上梓することが決まった。厳しい状況下だけれど頑張って加筆部分を書こう。

和ちゃん。元気でデイサービスSへ出陣。

四月二十七日

先週の水曜日に摘便をしてから一週間が経過。そろそろチビチビとウンチ漏れが始まるころか？　疲れる。とはいえ、そこそこの調子でなんとかやっている。ここのところ、オレの怒りの回数もかなり減った。諦めからだとは思うけれど、どうせまた怒り出すことは明らか。いつまでも切りのない戦いだから。

今朝、オレは頑張って三本のコラムを書く。これで五本。なんとか連休中に依頼されている八本を書き終え、その後はミネルヴァの新刊に集中したい。和ちゃんとのことを多く書き残しておきたいから。

今、二十七日午後七時四十五分。和ちゃんは眠りに入った模様。オレは少し読書でもしよう。身体はだるいけれど、とてもこの時間からは眠れない。眠いんだけれど……。

四月二十八日

やはり身体はウソをつかなかった。今朝、左胸から脇腹へかけて発疹があるのを発見。同じ部位に神経痛のような痛みが続いている。神経痛になったことはないけれど、こんなんだろう。ヘルペス？

O病院へ今日は降圧剤をもらいに行く日。ついでに皮膚科へ。帯状ヘルペスだった。入院して治療すると完治も早いらしいのだが、無理。しかし、バルトレックスという薬があまりに高価。今日は一万円出して、千円も帰ってこなかった。

そして今朝。摘便をするも出血。素人には難しい。でも、肛門の入り口にはカチカチウンコの存在。掘ってやりたいのだけれど抵抗も強い。

神経が弛緩している。

四月二十九日

こんなのを書いてる場合ではないのだけれど、とりあえず。

赤い発疹が段々と水疱状になりつつある。痛みは一昨日と昨日よりは良い。ただ微熱あり。三七・三度。和ちゃんの平熱？　介護される側より介護する側の飲む薬の量が多いのだから滑稽だ。

しかし、今日は暑い。側で扇風機が稼働し始めた。

キツイ!!　シンドイ!!　痛い!!　和ちゃんが愛おしい!!　困った!!

四月三十日

今朝、デイサービスへ出る前の着替えをしているとき、和ちゃんは肛門からウンコをぶら下げていた。肛門が張り裂けそうになっている。トイレで摘便。あまりにカチカチなので掴んで抜くと、極太にもかかわらずスルッとヌルッと。これが二本。体積ということならスゴイ引き締まったウンコだ。まあ、今朝のは楽だった。

しかし、昨夜はオレが熱を出し、微熱だけど一晩中つづいた。シャツも四回替えた。和ちゃんも汗をかいていたから一度交換。疲れる。どうにもならない。

一人でシャツを交換し汗をタオルでふいているとき、スコブル虚しさに襲われた。

一人で背負うには重すぎシンドイ。でも、それでも和ちゃんが愛おしい。

五月一日

やはり早い。もう五月だ。とはいえ暑い。今年の夏も酷暑になるような予想を聞いた。

今、午前十時少し前。和ちゃんはオレの側で寝ころんでいる。読めもしない朝刊を斜めから見たり逆から見たり。でも、見ながら時々笑っている。なにか感じるモノがあるのだろう。

昨夜、オレはかなり眠れた。一昨夜とは異なり熱も出ず、今朝六時の体温は三五・四度。確かに身体は軽い。今、計測したら三六・四度。

しかし滑稽。ヘルペスは痛みのある箇所を暖めるといいということで、オレはシャツに二枚のカイロを貼り付けている。痛みの緩和はあるような気もする。ただし、温かいを超えて暑い。

一昨夜、オレは考えた。もし、オレが入院ということにでもなれば和ちゃんは崩壊してしまうにちがいない。ヘルペスの一般的入院期間は二週間。回復不可能のダメージが和ちゃんを襲うに違いない、と。でも、そうなったとしても打つ手なし。と考えていたところ、従姉妹の貴美子が、この家で点滴を打てばと助言してくれた。貴美子は看護師だから知恵はある。二週間、なんとか頑張って朝夕通ってくれると言う。ありがたい。

まあ、薬でなんとかなりそうだけれど、明日、O病院でキッチリ聞いてみよう。もう、痛みのピークは超えたみたいだし。だからといって、神経痛はする。反動が大きい。和ちゃんのお尻を一発ガツン。病人がアルツハイマーの母を看てるわけだからキツイ。なんせ、和ちゃんの飲む薬よりオレの飲む薬の量の方がはるかに多いのだら。

正直、オレが看病して欲しい。四十九歳の孤独なオトコ。哀しみ多きことばかりだ。

これは昼飯を食べさせて書いている。なんかもう、介護することがアホらしくなってきているオレが見え隠れしているから。シンドイ。とにかく、和ちゃんの寝顔を見たら最後、そんなことは吹き飛んでしまうから恐い。アホらしくなっているのは記憶にはないけれど、介護し始めた頃からのような気もする。愛おしいことと恩返し。これが支えているのかもしれない。なんだか思考がコッパミジンだ。

七時二十分に起床して三回の尿採りパッド交換。昼食の冷やしソバを食べさせるのも一苦労。和ちゃんの手はソバ汁でベトベト。これを書き終えると直ぐにトイレ誘導しようと考えているけど、和式トイレのオシッコ姿勢を素直にしないことが最近は多い。

ゴールデンウィークらしいなあ世間は。考えようでは、オレたちもこんな状況が続いているのだからゴールデンウィークかも？　いつか和ちゃんが逝って、ミソギの四国遍路を済ませたら、南米でも旅したいなあ!!　夢ぐらいはあっても罰は当たらないだろう。日曜日は一日がスコブル長い。

てなことを素直に書いているけれど、和ちゃんが逝ったらオレは本当に一人ボッチの天涯孤独だからなあ。雨がオレを弱気にさせているのか？　ヘルペスか？　オレ自身が弱いのか？

なんて書いていたら和ちゃんが立ち上がってウロウロ。オレはそのままパソコンに向かっていたのが失敗。和ちゃんの信号を見落とした。和ちゃんはオシッコに行こうとウロウロしていたのだ。シッカリ百三十CCの放出。まだ最後の放出から一時間も経過してないのに。

五月二日

昨日夕方、和ちゃんは扇風機に五分ほど話しかけていた。当然、応えは返ってこないのだけれど、頷きながら微笑んでいる。無性に切なくなる時間だった。

さてと今日、O病院へ貴美子の車で。ゴールデンウィークの隙間。混んでいた。予約してあったのでアッサリ五分で呼ばれたけれど、とりあえず在宅で治療すれば良しとのこと。助かった。

で、四日から五日にかけてのショートステイはキャンセルした。K園に不満があるというのでは全くない。オレの都合だ。和ちゃんを預けた夜、酒なしでは不安で眠れないと思ったから。ただ、薬の都合で酒が飲めない。で、キャンセル。他にも理由はあるけれど記すのがめんどくさい。だから、十九日から二十日に交換してもらった。五日の夜、貴美子に泊まってもらうことにした。

五月三日

和ちゃんは今朝も元気にデイサービスSへ出陣。Sはゴールデンウィークがないから家族とすれば心底から助かる。お迎えのTさんのご主人は、お子さんを連れて山口県へ釣りにお出掛けと聞いた。本来なら家族一緒にお出掛けしたいところなのだろうけれど……介護職というのは大変だ。と書いたけど、デイサービスのほとんどは休みに突入しているはずだ。デイサービスNもカレンダー通りだし。ただ、Nは大晦日まで迎えてくれる。

さてと。上半身の左側半分がかなり痛む。まだまだ痛みは続くことになっている。発疹もそろそろ、グチュグチュと潰れていきそうな気配。サラシを巻かないといけないとも聞いた。やっかいだ。

一昨日だったかな？　和ちゃんに、

「ろくでもねえ息子ですまんのお？」

と語りかけた。息子とは承知していないからそこは無視。でも、

「あんたはホンマに可愛いよ」

微笑みながらオレの頭を和ちゃんがなぜた。少し前、なんで罵倒したかは失念したけれど、和ちゃんにクソミソ言いたい放題に言い散らしたのに。

またまたオレの目から涙。オレは小さい声で、

「おかあちゃん」

と和ちゃんに囁いた。

五月四日

ケアマネジャーの善し悪しを判断するのはなかなか難しい。と思う。訪問調査やサービス利用表を作成するのは当然として、今、この利用者がどんな状況下にあるのか、利用者の言動・姿勢で判断するという技量を持ち合わせているかも、良し悪しを利用者が判断する基準にもなるだろう。更には根性と忍耐。

和ちゃんを担当するケアマネジャーはHさんという。で、少し以前、Hさんから夕刻に電話が入った。オレからすれば呑気に聞こえた。オレは和ちゃんをトイレ内で摘便の途中。医療用手袋を填めているとはいえクソまみれ。手以外にも付着して汗もかなり出ていた。

「今、それどころじゃねんだよ」

オレは興奮しているとベランメイ調になる。

そしてオモイッキリ受話器をガチャン。脳裏で悪いとは思いながらもそれどころではない。そして二分もしないうちに、Hさんからもう一度電話。何を言っていたか知らないけれどガチャン。

和ちゃんの摘便を終え、オレはHさんに電話を入れた。もう帰宅していた。なんで電話を入れたかというと、オレのSOS状態に気づけ、と抗議の電話を入れたわけ。とはいえ、Hさんはオレたちの担当から外れたいだろうな、とも考えた。逆の立場だったらオレはキッチリと切れる。

ところが、Hさんは数日後に改めて電話を入れてきた。五月の予定についてだ。そして、オレたちの様子についてHPを覗いていたとのこと。しかし、アップはされていなかったから把握できない。

だけど、オレがここで一番強調したいのは、Hさんはオレたちを放棄しないで踏ん張ってくれている。ありがたい。そして思った。この若き女性は根性と責任感を十二分に持ち合わせているな、と。

これからも和ちゃんを見続けて欲しい。真摯にそう思う。更には、いつまでも今のように〝和ちゃん〟と呼び続けて欲しい。和ちゃんも、そう願っているに違いない。Hさんとはもうじき三年の付き合いになる。和ちゃんの最初で最後のケアマネジャーであり続けて欲しい。素敵なケアマネジャーと出会えたことに感謝したい。

五月五日

ヘルペスがかなり痛む。まだまだ当分は痛みが継続しそうだ。痛みの山は越えたと思っていたのに。ホンマに痛い!!

昨日、従姉妹の貴美子と話して、やはり今夜はオレ一人で和ちゃんを見守ることにした。というのも、三日から四日にかけての夜、和ちゃんは四回のオシッコ。これがなかなか大変で、万年床の布団に足を取られて転げそうになったりオムツ交換に抵抗したりする。だから、一度キッチリと昼間でも和ちゃんに付き添ってもらい、和ちゃんを少し把握してからということにした。オレから頼んで申し訳ないのだけれど、我が家はバリアフリー一切なしだから貴美子も対応に苦慮するはずだ。

それを話したら、問題はないという応えだったけれど、まずは少しづつ進むことにした。彼女のバックアップには感謝するばかりだ。

ところで、ヘルペスの薬でバルトレックスというのが高価すぎると以前に書いた。薬局で単価を聞いたところ、一日三回二錠ずつ一週間分で約七千七百七十八円。これが三割負担だから、保険証がないと約二万六千円の薬。一週間でこの薬のお役目は終了だから助かるけれど、やはり病気になると出費がバカにならない。入院を勧められたのだから尚更だ。

肉体的にも精神的にも経済的にも、行き当たりバッタリというところかな？　本来、自由業にゴールデンウィークなど関係ないけれど、十日間も和ちゃんから離れたらリフレッシュできるだろうけれど、気力の源である緊張の糸もプッツンだろうしな。難しい!!

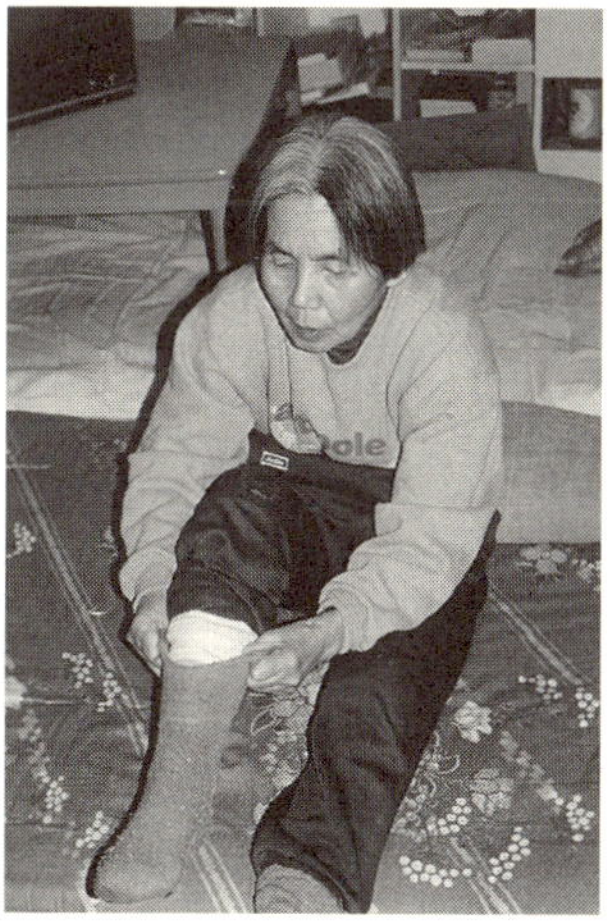

五月六日

現在時は五日の午後七時四十五分（日記の日付より一日早く書くことも多い）。和ちゃんは先ほど万年床へ。最近の眠りは深い様子だけれど今夜はどうだろうか？　尿採りパッドを替えたばかりだけれど、まだまだ出るなキット。

しかし、仙台で五十歳代の息子が八十歳代の実母を絞殺した事件はやはり他人事ではない。二人暮らし。年齢もほぼ同様。息子は無職。オレもさほど変わらない。介護疲れということらしいけれど、オレも首を絞めたり肋骨を骨折させたり、一つ間違っていればお縄を頂戴することになっていたはずだ。

オレのところにはいろんなメールが飛び込む。可愛いのは、現役ヘルパーさんがご主人の転勤での悩み。これは酔っぱらいメールだった。でも、可愛く愉快なＨＰを立ち上げている。

自分自身の葛藤。誰にも言わず墓場まで持って行こうとしていたのだけれど、ＨＰ立ち上げでスコーンと憂さ晴らしを始めた女性。

更には、自身は癌でありながらも、愛していない認知症のご主人の介護を続けている女性等々から。文字通り、人生いろいろなメールが着信する。ゴールデンウィーク、それどころでない人たちも多いのだ。

ところで今日、昼食を貴美子とハンバーガーショップで食べた。こんなことを書いていると、和ちゃんが突然、拍手をし始めた。嬉しそうだ。まだ眠くないのかもしれない。暑いのかな？　聞いてみると、そうではないらしい。寝ぼけているのだ。

で、ハンバーガーショップ。西大寺という田舎へ出店はありがたいけれど、失礼だけれど本当に詳細なマーケティングリサーチしたのだろうか？　少し値段が張るような気がした。モスバーガーがまだ屋台のような頃の新宿店で食べたときはスコブル美味かった。鮮明に覚えている。順子と食べたことを。青春の一コマだった。

五月七日

さて、これを書いているのはまだ六日。今日、O病院へヘルペスを診てもらうため出向く。発疹はこのまま枯れるだろうとの診断。ホッ‼　貴美子から頂戴した手作り腹帯が無駄になりそうだけれど、良し。

今日覚えた語彙は〝陰洗〟。デイサービスNのKさんからの言葉では、「陰部洗浄の略で、陰洗と言ってます。食器洗い洗剤容器に微温湯をいれて洋式トイレに座ってもらって洗います」

和ちゃんは今日、風呂に入らなかったので陰洗だけをしてもらってきた。

五月八日

現在時は七日の午後七時五分前。和ちゃんから眠いとの自己申告があり早々に布団の中へ。もう眠っていると思う。昨夜はあまり眠っていなかったから。デイサービスSでも昼寝をしたと連絡帳にあった。

和ちゃんの右手拳側には痣ができている。オレが叩いてできたものだ。昨夜は尿採りパッド交換が多かったこともありオレもあまり眠れなかった。全くということではないけれど、夜中に四、五回も交換させられるとキツイ。もっと吸収力のあるやつを使用すればとのご指摘もあるが、和ちゃんが起きだすのだ、眠りの浅い夜は。となると吸収力云々はあまり意味をなさない。そりゃあ、三百CCも尻に下げていたら気持ち悪いだろう。

で、交換している時、和ちゃんが紙オムツを手で押さえたりする。交換が簡単ではない。それが何度も続くのでパチン。いや、バチン。ガツンではない。けれど青痣になっている。オレの両腕も和ちゃんの抵抗でひっかき傷が多数。こんな夜が多い。これを虐待と捉えられるなら致し方ない。

さて、デイサービスSから帰宅時、Mさんと少し話した。和ちゃんが拳大のウンコを放出したとのことで。やはり驚いていた。和ちゃんの肛門の伸び縮みはスコブル自在。本当に太いウンコをだす。でも、Mさんはシッカリ喜んでいてくれた。ありがたいことだ。

明日は日曜日。また、長い一日になる。

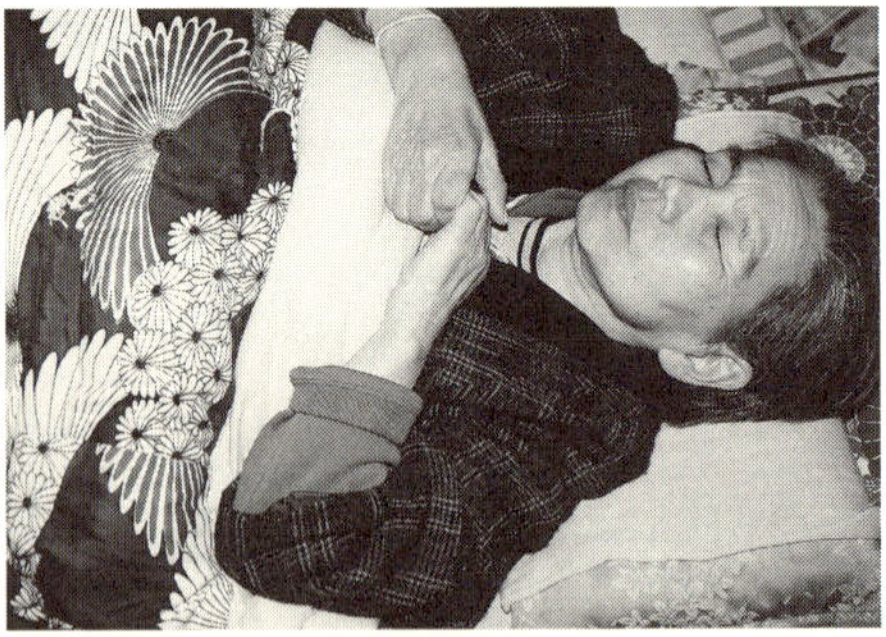

五月九日

現在時、八日の午後六時を少し過ぎた。和ちゃんは自身の宝物であるガラクタで遊んでいる。夕食の冷やしソバを食べ終えたばかり。これから歯磨きをさせないといけない。

しかし、今日も和ちゃんはオシッコを出し続けた。尿意がもう途切れたのだと確信する。八日になって、〇時二十分。四時十五分。七時四十分。九時四十分。十一時二十分。十三時。十四時十五分。十六時四十分。まだ確認していないけれど、もう尿採りパッドには出ていると思う。トータルで一リットルと少しの放出。だからお茶、ココア、ヤクルト、ヨーグルト等々を飲ます。飲ませないと出ないで済むのだろうけれど、それは反則。日曜日のパッド交換は当たり前の通過点となった。慣れたのだと思う。少しでも漏れていれば、替えてやりたいのが人情だ。まあ、噴火することもあるけれど、無視されることを考えれば比較にならないはずだ。和ちゃんはいつも誰かといるのだから。

そろそろパッドの中を覗くかな、と。和ちゃんが入れ歯の入ってない顔でキキキッキとオレに微笑んだ。あまり気色の良い微笑みではないけれど、良し。そして今日、長い一日（まだ終わってない）ではあったけれど、今のところオレは噴火していない。どうか、今日だけは休火山でいさせて欲しい。

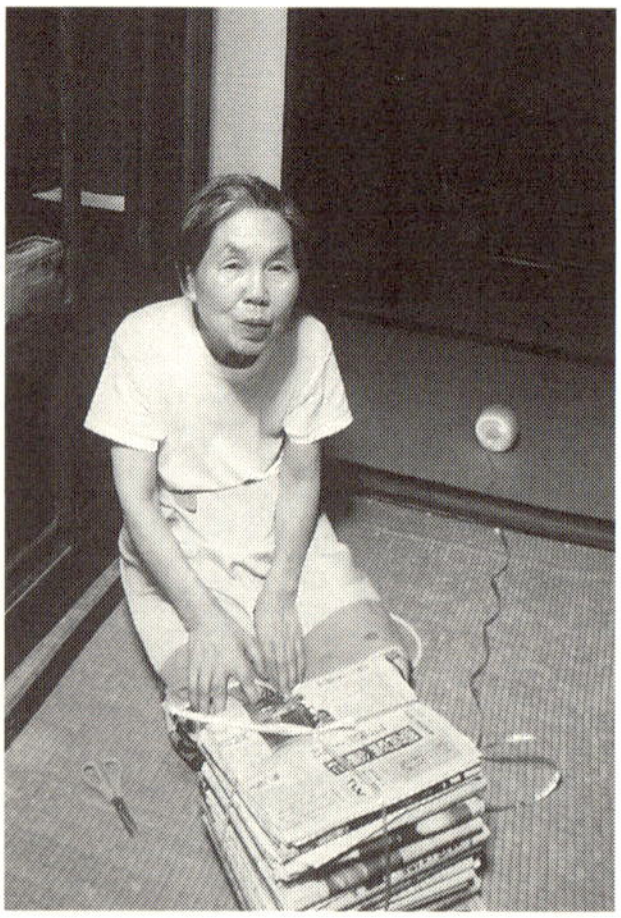

五月十日

九日の午後一時四十分。風呂上がりでカフェラテを飲みながら書いている。この時間前後しか風呂に入れないしビールが飲みたいところだけれど今も禁酒中。ノンアルコールビールとやらを試してみようか?

さてと。八日は久々に噴火することもなくオレは休火山のまま一日をやり終えた。少々の「アホウ」「ばかたれ」言動は怒りの範疇にはもう入らない。和ちゃんも馬の耳に念仏だ。自己嫌悪を伴わない一日は爽やかであり心も穏やかだ。

ところで今朝、オレは、これも久々に和ちゃんのトイレでのオシッコを後方から見ることができた。オシッコ帳を開くと、五月三日の十二時五十分以来だ。昨日、和ちゃんは尿意も途切れたと書いたけれど、タイミングがあえばトイレ誘導も無駄ではないらしい。スコブル勢いのあるオシッコだった。

で思うに、尿採りパッドの威力・吸収力というのは素晴らしいと思う。突き刺すようなオシッコがスンナリと染みこんでいくのだから。パッドがなかったら？　昔はさぞ大変だったに違いない。でもなあ、夜中に何度も替えるのもシンドイでホンマ!!　ただ、和ちゃんのオシッコは間違いなくオレより猛進型だ。オレは前立腺も危ないような？　嗚呼!!　哀しき中年オトコ。

などと書いていると貴美子から携帯に。肋骨骨折でお世話になっている病院の看護師長さんに相談してくれたとの報告。とりあえず、バストベルトは十二日の木曜日の夜に外すことにした。もう一度、レントゲンは撮らないといけないいけれど、ホッ!!

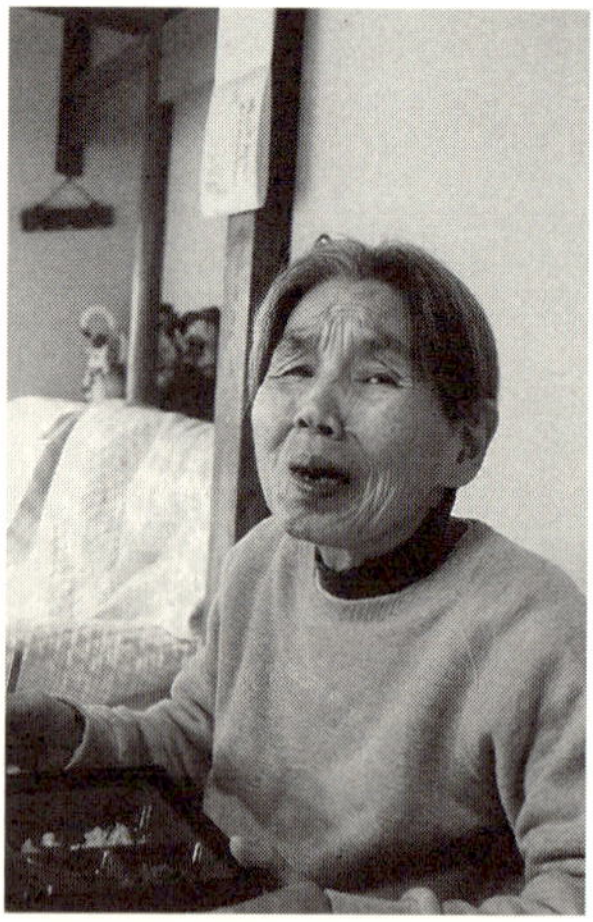

五月十一日

和ちゃんがついさっき布団に入った。十日の午後七時前。なんだかヒンヤリするような。夜中に毛布を一枚追加してやらないといけない。もっとも、尿採りパッド交換で起こさないといけないのだけれど。

ウーム。今日は、特別に記すことはないな。まだ今日は終わっていないけれど、穏やかな一日で過ぎ去り明日へ突入したい。

明日十一日は、和ちゃんの降圧剤をもらいにH病院へ。

五月十二日

今朝、和ちゃんのバストベルトを外した。肋骨骨折と診断された日からバストベルトを巻いてちょうど一カ月。まだレントゲンを撮っていないので確定診断ということにはならないけれど、とりあえず一段落。あとは、やはり時間が薬となり、半月後をメドにレントゲンを撮りに行こうと思う。

一方のオレ。和ちゃんがデイサービスSへ出陣後、O病院皮膚科へ。順調に回復しているとのことで、末梢神経に良いとされる薬をあと一週間続けることで治療は終了。もう、皮膚科に通う必要はないと担当医から説明を受けた。

この一カ月、あまりにも色々ありすぎたけれど、在宅介護崩壊の危機だけは避けられた。もっとも、まだまだ介護は続くのだけれど、大きな試練を乗り越えられたという自信にもなった。

これからも踏ん張ろう。踏ん張らなければ!!

在宅介護を始めてから最大の危機を迎えた一カ月分の日記を紹介させてもらいました。

ただ、なぜ最大の危機だったのかを説明しなければなりませんね。

それはやはり、病を併発しながら母を見守り続けなければならなかったということにつきます。

元々、私は高血圧症と自律神経失調症を持病に抱えているのですが、さらにヘルペスも背負ってしまったわけです。普段でも疲れが溜まっているところへの追い打ち。もっとも、ヘルペスというのはストレス充満・疲労困憊状態時に出現してくるとのことですけれど……。

皮膚科での初診のとき。医師とこんな会話をしたような気がします。

「先生、どのくらい日数かかりますか？　痛みがとれるまでに」

「そうですね。三週間から一カ月。人にもよりますしねえ。今日は様子を見させていただくということでお薬を出しますが、良くならなければ入院された方が……」

「入院ですか？」

「良くならなければですけれど。点滴をしますから二週間ほど」

入院。それも二週間。とうてい無理な話しでした。一泊二日のショートステイ（短期入所）でさえ母には耐えられないのでは？　と考え、利用しないままで今日に至っているわけですから。二週間もマンツーマン介護を母が失えば、廃人とまではならなくても認知症の進行に拍車がかかること必然です。医師からの説明を受けながらも私のことより母が不憫でたまりませんでした。それに、直ぐ二週間のショートステイを利用しようにもどこも空きはなかったはずです。

微熱ではありました。が、熱を出しながらの母の尿採りパッドの交換。それも深夜に何度も。肉体的以上に精神的に参りました。

切ない。悲しい。哀れ。

後ろ向きな感情が交錯しました。一人で戦い続けることの限界？　心底から思いました。

「誰か、そばにいて欲しい」

とはいえ、在宅介護を始めて以降というのは危機の連続であったような気もします。

在宅介護が始まった当初、将来を悲観して母の首を絞めてしまったことは第一章の文中でも記しました。今も、些細な母の失敗に怒り続ける私が常習化しています。その挙げ句が母の肋骨骨折。

なんともやりきれないのですが、母が逝くまで自己嫌悪との戦いなのだと思います。優しくなりたい。

この気持ちは充分に持ち合わせているのですが、人間、そう簡単に変われるものでもないでしょう。

日々が戦いです。母が愛おしくてたまらないのに。

「おまえの書いていることは矛盾だらけじゃないか？　エッ!?」

というお叱りの言葉が聞こえてきそうです。そうなのです。矛盾を承知で書いているのです。だって、本当に矛盾だらけの中で、その矛盾と葛藤しながら母の在宅介護を続けているのですから。

第三章　母の通う学校（デイサービス）で

——温かい人たちに支えられて——

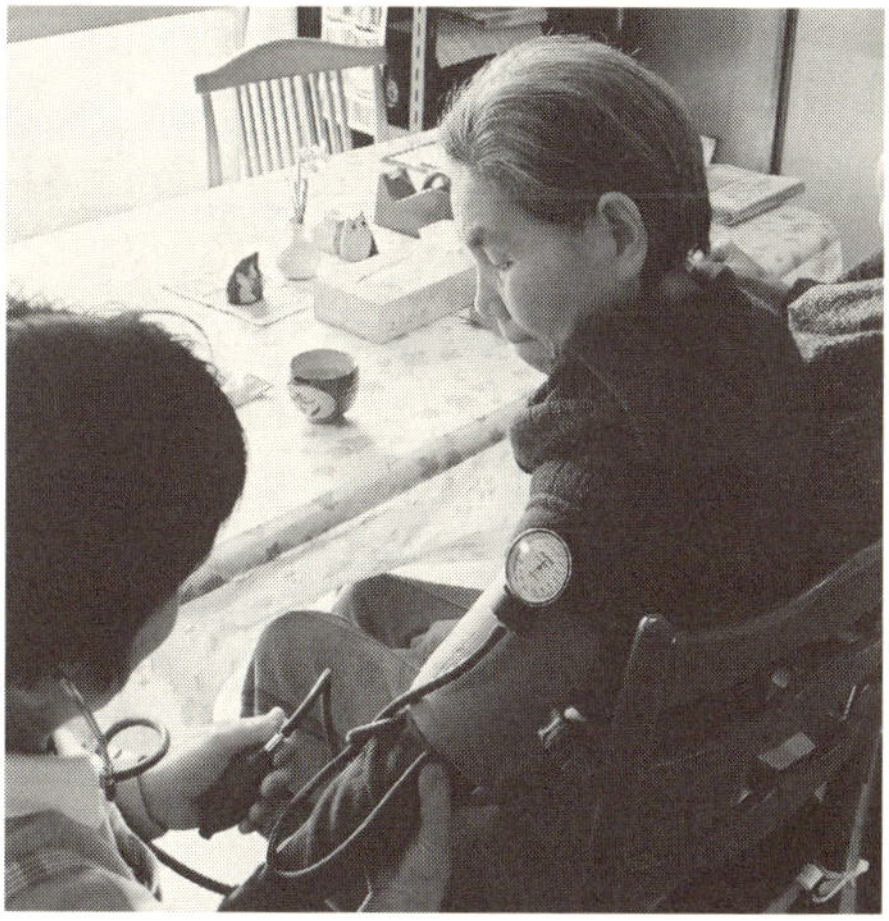

月曜日から土曜日までの連日の朝、デイサービスからのお迎えの車が我が家の前に停まります。

♬♬ブルブブブル♬♬

この音で、私はデイサービスからのお迎えが来たことを察知します。

「和ちゃん。学校の先生がお迎えに来たで」

すると母は、いそいそと立ち上がり玄関へと向かうのですが、最近は私が手を取り、ヨッコラショと掛け声を掛けながらということが多くなりました。ただ、行きたくない、とゴネたことはデイサービスへ通いだしてからの三年近く、ほとんど記憶にありません。

「おはようございます。和子さん」

デイサービスからのお迎えの職員が優しく挨拶してくれると母も、

「おはようございます」

と両手を膝にやり、頭をピョコンと下げるのがデイサービス出陣前の母の日課となってしまいました。もっとも、不穏なときはこんなにスムーズには運ばないのですけれどね。

ところで、ここまで読んでこられてオヤッ？　と疑問に感じられた方も多いに違いないと思います。

学校？

そうなのです。母がデイサービスへ通い始める前、私が母に、デイサービスを学校と説明して行くことを承知させた経緯があるのです。

「和ちゃん。アルツハイマーの人は、アルツハイマーの人ばあ（ばかり）が集まる学校へ行かんといけんので。こりゃあ法律で決まっとんじゃからのお」

「そりゃあホンマかな？」

ウソも方便。こんなやり取りがあったのをボンヤリと記憶しています。母がデイサービスへ初めて通い始めたのがアルツハイマーを宣告された翌々月から。このときから我が家ではデイサービスを学校と名付け、職員を先生と呼ぶようになったのです。

さて、母はこの原稿を書いている平成十七年六月現在、二つのデイサービスに通っています。アルツハイマーを宣告されて一カ月後から通い始めたデイサービスへ今は通っていません。ただ、今通っている二つのうちの一つ、〝デイサービスN〟へは通い始めて三年目に入りました。そこで、〝デイサービスN〟（以下は学校と呼称します）からの連絡帳なども紹介しながら、母の学校での様子、さらには学校側がどう母に対応してくれているのか等を記していきたいと思います。

通い始めた当時が要介護2。今現在の要介護4になるまでをここに通い続けてきているのですから。

では、まず最初に、どういう動機・経緯からこの学校は開設されたのか？　立ち上げ中心者の一人であるKさんの言葉を借ります。幸か不幸か？　介護保険始動前夜までは福祉という言葉の象徴の一つであったのが老人介護です。その老人介護を支える背景が、純粋な利益追求型サービス産業へ性格を変えつつある昨今にあって、Kさんから発せられる声に新鮮味を感じてしまいます。

「私とR（二人で立ち上げたもう一方）は中学校の同級生だったんです。中学を卒業して十五年後、偶然に再会してみたらお互いが看護師でした。更に驚いたことは、二人ともが地域と密着する訪問看護ステーションで働いていたんですよ。

それから十年後。私たちも年齢を重ね、両親の老後、更には自分たちの人生も見直してみたいという思いが一致したんですね。

そんな最中、タイムリーでした。友人から興味ある情報が入ったんです。

『商工会で福祉企業セミナーをするらしいから参加してみたら？　看護以外に何も知らないあんたたちだからこそ、こういう場で勉強して、それから今後を考えた方がいいんじゃない？』

早速に受講することになったんです。受講中、カリキュラムから多くを学びました。でも、過去には縁のなかったいろんな方と知り合い、その方々からカリキュラム以上の知識・知恵を教わったように思います。

また、皆さんが福祉という世界で何か貢献したいという意識を強く持たれていて、私たち二人に前向きな刺激を授かることができたことも幸いでした。

私たちの志は〝清く正しく美しく〟。

誰に話しても恥ずかしくない心構えでした。

ただし、事業として成功させないかぎり、後々、利用者の皆さんにまで迷惑をかけてしまいます。当然のことですが、ある程度は黒字経営を目指さないといけない。そんな当たり前な現実を、看護の世界しか知らない、二人の肝に銘じさせてくれた福祉企業セミナーでした。

平成十五年三月一日。私たち二人の思いは実現しました。〝デイサービスN〟という形で。

開設への準備は大変でしたが、二人の家族や友人たちに支えられ、改めて〝和〟の大切さを実感したものです。
先々への不安はもちろんありました。でも、私たちの夢を信じて今日まで進んで来たし、来られたんです」
平成十五年三月五日。この日、母は〝デイサービスN〟という学校へ通い始めました。初日ということもあり不安が先行したのか？　血圧はかなり高めであったことが学校からの連絡帳で分かります。
血圧　一七四―九八
脈拍　七二
体温　三六・九
ここで、当時は私も把握できていなかった母のバイタルチェックを行いたいと思います。母の健康状態を知ってもらうための基礎ですから。
脈拍については年齢にふさわしい数値だと思うのですが、血圧は五十歳代後半から高めで降圧剤を欠かすことができなかったようです。アルツハイマーを宣告されたときから改めてアムロジンという降圧剤を処方されるようになったのですが、宣告された日を含め数回の測定全回で、血圧値の上が二〇〇前後にまで上昇していたのですから。白衣高血圧症

（医師の前に出ると突然血圧が上がる症状）などとは言ってられません。ただ、この薬を飲み始めて以降、血圧はほぼ安全値を保っています。

体温については私自身もビックリしたのですが、基礎体温が高いらしく、学校到着後計測では三七・〇度前後の数値が平均値になっています。私が母の介護で唯一自慢できるのは、アルツハイマーになった母に風邪を引かせたことがないということです。ですから、三七・四度という微熱が出たときにはアタフタしたのですが、母にとっては微熱の範疇には入っていなかったようでした。頭痛など訴えることもなく平然としていましたから。

話しを学校でのことに戻します。母は、この学校の最初の利用者として玄関をまたぎました。ということは、つまりオープンして最初の四日間は利用者不在であったということです。利用者第一号。当然のごとく、母は熱烈歓迎で温かく迎えられました。

もっとも、利用者第一号さんがもう一人。学校立ち上げ者の一人であるRさんのお祖母さん（当時九十六歳）もこの日から通い始めたのです。KさんとRさん。さらにはもう一人の職員を含め三人で、母とRさんのお祖母さん二人だけを世話してくれるという、利用者家族としては極めて嬉しい環境で母の学校生活はスタートしたのでした。

が、実はこの出陣初日を迎える数日前、母と私は学校見学をしていたのです。そして、母は学校見学の約一週間前に我が家の階段から落ち、足首を捻挫・打撲し自力歩行できない状態にありました。この頃から母は、道路を一緒に歩いていても時々、ほんのささやかな段差に躓くようになり始めたのです。

●平成十五年三月五日・連絡帳から●

午前中はカレンダーの塗り絵をされながらお話などをされ、楽しそうに過ごされました。トイレ誘導もスッと行かれてます。昼食も便を出されたからか？　よく食べられました。

午後よりスタッフと共に〝針さし〟を作られています。入浴は気持ちよく入られサッパリとされました。足の腫れも先日よりひいておられるようです。湿布をはりかえています。

開所してから二十八日が経過。母が通い始めてから約三週間後の三月二十八日。この頃は週四日登校のうち二日（火・金）をこの学校に通っていたのですが、まだ、母とRさんのお祖母さんだけしか利用者はいませんでした。母にとってはありがたいことですが、経営面という視点から考えると少し不安を覚えた私が存在していたことは事実です。

実は、Kさんと私は十数年来の付き合いがあります。彼女が岡山市内で訪問看護ステーション所長をしている頃に取材を申し込んだことから知人になり、更に友人へと発展した経過があります。こんな背景もあり、利用者家族である私が、遠慮なく言葉を発せられるこの学校を失いたくなかったというのが本音でした。

「お祖母ちゃんを人質に取られとるようなもんじゃから、職員に何も言えんのよ」

施設介護にしても通所介護にしても、利用者家族からこんな声を聞くことは珍しくないのですから。

　前置きが長くなりました。三月二十八日。この日、私も学校へ伺いました。そして、母と一緒に学校に隣接する田んぼで土筆採りに勤しんだのです。学校へ戻り、土筆のはかま取り（皮むき）を皆で頑張りました。

　昼食時、なんと土筆が佃煮となってご飯の上に盛られているではないですか。もっとも、少し残念でしたが、この佃煮は私たちが採る以前にRさんが調理していたモノでした。ただ、学校昼食に対するRさんの強い意気込みを感じる傑作でした。

●Rさんより●

「元気の素は食事から!!」

というのが私の思いです。人は、食べるという事が一番たいせつですからね。

私たちのデイサービスでは、料理を作るところは利用者皆さんのおられるすぐそばです。利用者さんの目の前で、その日の材料が段々に増えテーブルに並んでいくんです。

さて、食材から話題を始めましょうか。昔なじみのものから、珍しいもの。品種改良された新しい栄養価のたかい野菜はもちろん、いろいろな材料を使うよう工夫しています。

野菜中心の献立。特に、旬の野菜をふんだんに使っていきます。少量ずつ、たくさんのおかずを楽しみながら食べていただきたいという思いからです。

ところで、和みのときには菜園があり、利用者の皆さんと一緒に育てています。とても新鮮で無農薬。菜っ葉は穴だらけですが、そこは仲良く共存しているわけです。利用者の皆さんにお手伝いしていただきながら一緒に収穫し、下ごしらえするのです。やはり、みんなで一緒に用意して一緒にいただくことで会話も弾みますからね。

準備に手間がかかり、お膳に間に合わないものはあらかじめ準備することもあります。

「今日は何が食べたい?」からはじまる事もあります。

「大好きなものは?」お誕生日のときは、その方の好物を日ごろから情報収集しておくのです。

お誕生日だからといって特別に豪華なご馳走ではないのですが〝お一人お一人にとっての特別な献立にしていきたい〟のです。喜んでくれるかな？　想像しながら創作していくのも楽しいものですよ。

食事は人の五感を刺激します。

〝匂い〟〝色彩〟〝歯ざわり〟〝のどごし〟〝味〟

さまざまな感覚を刺激し、会話しながら楽しく召し上がっていただきたい。日々、こんな思いをこめて食事作りに臨み、励んでいるのです。

Rさんからの食事に対する熱い思いを紹介させてもらいました。

我が家では、学校が休みの日曜日以外はほぼ、食事のレパートリーは決まっています。レパートリーと記してしまうとあまりに大袈裟でお恥ずかしいのですが、朝食はパン。母にはジャムパン一個を食べさせ、水分不足にならないよう約二百CCの緑茶を飲ませるようにしています。

もっとも、ジャムとパン本体との境目というのが理解できない今、母の手はジャムだらけとなっているのですけれどね。母の手をティッシュで拭きながら、パンをカジりながらイライラしている私が毎朝いるのです。

夕食は、近所のスーパーで買ってくる総菜で済ませます。夕食を作る？　とんでもない。そんな気力・体力はどこにも残っていません。

という事情ですから、私個人も、昼食だけは母にシッカリ食べてもらいたいという欲求があります。それも栄養満点の。

さて、読者の皆さまには大変申し訳ないのですが、第一章の16回〝電話口で泣かれ胸痛む〟にまでページを戻していただきます。ここで紹介しているデイサービスNとはこの学校のことなのです。詳細はお読みいただいているので省略しますが、私は母に一通の手紙を残して仙台へ向かいました。それは、この日の夕刻にKさんから母へ渡されたのですが、この当時はまだ、ひらがなが少し読めていましたから。

かずちゃん　へ
かずちゃん、げんきにしてますか。
いま、しごとでせんだいというところにいます。
ほんとうはきょう、かえりたいのですが
ひこうきがありません。

ですから、がっこうのおねえさんと、
こんやはいっしょにねむってください。
おかねのしんぱいはありません。
あしたはゆうがたまでにはかえりますから、
またいっしょにねむりましょう。
おねえさんのいうことをよくきいて、
たのしいよるをすごしてください。
では、またあした。
かずちゃんがだいすきです。
あきひろ

●平成十五年九月二十七日・連絡帳から●

午前中はお庭のお手入れを一緒にされたり、洗たく物の片づけなど、細々としたことを一緒にしています。

昼頃、近くを散策に出られています。時々、息子さんの話になると、
「なんで言うてくれんかったかなあ?」

と少し悲しそうな表情をされる時もありました。他は、いつも通りに過ごされています。

午後からは少し横になろうか、と声かけしましたが、何かする事を探している様子が窺えたので、一緒にビニール袋をたたんだりと役割をもってしてもらっています。

昨夜は時々、目を覚まされていた様子で少し眠りが浅いような感じがしました。

P．S．野田様、お疲れさまでした。いろいろご心配かけましたが無事、一泊終えました。

和子さんの愛しいところ、たくさん見ました。

十二月三十日は母の誕生日です。ただ、母が元気な頃、こんなことを言っていたのを記憶しています。

「私が生まれたんは昭和元年十二月三十日。大正天皇がお隠れになったばあじゃから、お祝いごとは一切なし。それに年末の慌ただしさと重なって、あまり歓迎された子じゃあなかったらしいんよ？」

そんな母の誕生会を学校で開催してもらいました。月に一度、その月の誕生日者の誕生会を一緒に行うのですが、利用者はかなり増えてきていたものの十二月誕生は母だけということもあり、母一人だけの誕生会となりました。

事前に母の好物を聞かれました。でも、もう母には答えられません。代わりに私が答えたのですが、母の好物は〝茶がゆ〟と〝粕汁〟だったと。

誕生会のテーブルには〝茶がゆ〟と〝粕汁〟が並びました。Rさんも〝茶がゆ〟を作るのは初めて。アチコチに問い合わせたとのことを後日談として聞きました。

この日で母は七十七歳を迎えたのですが、私が記憶する母の誕生日で、十人を超える人たちから祝福されるのは初めてでした。母も祝福されていることは理解していたみたいですが、母以上に感激している私がそこにいたのです。

●平成十五年十二月三十日・連絡帳から●
午前。昼食の準備を手伝ってくださいました。

午後。昼食の片づけやお誕生日会の準備を一緒に手伝ってくれています。いつも、にこやかに、よく動いて手伝ってくれています。

息子さん（私）の顔を見ては、はにかんだ様子や、子どもたち（Kさんのお子さん等）に声掛け（私が）するのを気にしたりと、いつもとは異なった表情をされていました。

（私が息子であることを母は、アルツハイマーを宣告された頃から忘れています。ただ、いつも側にいるので、特別に親しい感情を持ち合わせているのだと確信しています）

年が変わり平成十六年三月一日。この日から有効の新しい介護保険被保険者証には要介護3のスタンプが押されました。これまでの要介護2は〝軽度の介護を要する〟でしたが、3になると、〝中等度の介護を要する〟と要介護認定結果を知らせる通知には記されています。

私個人の意見では、認知症の進行はさほど進んでいないと考えていました。もしかすると母は〝良性アルツハイマー〟？　などと勝手に造語を創り、このまま失禁などとは無縁なままで逝ってしまうのではないか？　とまで想像していたのですから。

ただ、確かに足腰に不安を感じられるようにはなっていました。というのも、母が学校へ行かない日は一緒に歩いて買い物に出掛けていたのですが、段々に歩ける距離が短くなりました。それに比例して、買いだし先のスーパーやコンビニへも、我が家から近い方へ近い方へと移行していったのです。

●平成十六年三月一日・連絡帳から●

午前。利用者の方と一緒に、お雛様の飾りつけをしました。いろいろな会話を皆と一緒にされています。

午後より、ゆっくり入浴されています。飾りつけの、色を塗っている人を見られています。

「私は、塗っている人を見るんが好きなんよ」

と笑顔で話しながら色えんぴつを持たれています。皆さんと一緒に軽く体操をしています。

ここから後、時空間が少し前後しますが一気に現在時まで飛んでしまいます。

始まりは二人の利用者で始まった学校でしたが、平成十七年六月現在、利用者さんは二十二名へと増えました。特別な宣伝はしてこなかったそうですが、いわゆる〝口コミ〟効果で今に至ったということです。ですから、月曜から金曜日まで、一日の上限利用者数が十一名にもかかわらず、今では学校に入ろうにも空きがない状態です。もちろん、職員である先生も三名から六名に増員されています。さらにはＯＴ（作業療法士）さんも一名と大所帯になりました。

で、利用者さん二十二名の介護度の内訳を記します。

要支援（社会的支援を要する）　三名
要介護１（部分的な介護を要する）　四名

2（軽度の介護を要する）　　七名
3（中等度の介護を要する）　　二名
4（重度の介護を要する）　　五名
5（最重度の介護を要する）　　一名

この内訳から分かるように、要支援から要介護5まで、様々な介護度の利用者さんたちが混在しています。表現は悪いのですが、そして致し方ないことではあるのですが、この混在が母の学校での居心地を悪くもしているのです。

その居心地を良くしてあげようと、今、先生方々は奮闘してくれているのですが、今日に至るまでには私と先生方の間で誤解も生じました。その経緯も含め、時空を再び少し過去へ遡りますが、母は、平成十七年三月一日から有効の介護保険被保険者証に要介護4のスタンプが押されました。中等度から重度へ、要介護度がワンランクアップしたのでした。

●平成十六年十一月二十六日・連絡帳から●

午前。お茶を飲まれたあと入浴されました。少しおちついたあと、皆で体操をし、歌をうたいました。

午後。昼食後、新聞を整理して下さったり散策に行かれました。外出先ではあまり落ち着かない様子で、戻ってからは泣き出してしまわれました。職員がそばについて、しばらくすると落ちつかれてこられました。

この連絡帳に記されているように、この頃から？　もう少し以前だったでしょうか？　母は突然泣き出したり怒りだすということが顕著になってきました。つまり、〝不穏〟な状態でいることが多くなってきたということです。

学校だけでそうなのではありません。我が家でも同様でした。認知症が進んだ証拠でもあるのですが、この時期から母の認知症はスピードアップというより、突然に猛進し始めたというのが私の実感です。

そして、この日からしばらくして後、失禁の始まりの夜が来るのです。この夜の出来事は第一章の60回〝「トイレ」サイン分からず〟と61回〝切なさと自己嫌悪から涙〟に詳細に記してますので、改めてページをめくり戻していただけたらと思います。

さて、母は失禁したものの、この日からしばらく失禁がありませんでした。ただ、私の失禁への不安は募るばかりでした。毎夜、母の眠りを妨げトイレ誘導するということが、私の新たな役割となりました。

今、私がパソコンに向かっている手元に〝オシッコ帳〟と名付けた手帳があります。母の失禁が始まった翌日から、母がオシッコを出した時間を書き記すようにしたのです。

書き始めた当初、ペンの色は青色ばかりでした。しかし、新たな年である平成十七年二月前半から少しずつ我が家でも失禁が増え、失禁を記す色である赤色が増え始めたのです。そして、とうとう二月十四日より母には常時、紙オムツを履かせ尿採りパッドも併用させるようになりました。今では、もう青色のペンを必要とすることはほぼありません。つまり、母にはもう、綿のパンツは必要なくなったのです。私の新たな役割となった夜のトイレ誘導も自然消滅です。

この頃は、第二章の過去最大のピンチ以前の最大のピンチだったように思います。オシッコ誘導ばかりが気になり、眠れた、という実感をほとんど感ずることのない夜ばかりが続いていたのですから。眠れないからイライラする。イライラするから些細な母のトンチンカンにも怒り爆発。言葉だけでは我慢できないから手を上げてしまう。そして猛烈な自己嫌悪の襲来。正に悪循環でした。この悪循環については、私個人のホームページに素直に記していました。

そんな最中の二月十九日。Rさんよりメールが届きました。この日の前日、私は四十九歳になっていました。

●Rさんからのメール●

お誕生日、おめでとうございます。

ご無沙汰しております。体調はいかがですか？　ホームページ、時折、見させていただいています。とても、疲れているように感じております。

少し、和子さんと距離をもった方がお互いによいのでは？　と感じました。よけいなおせっかいと言われそうですが……。

今にも、野田さんが壊れてしまいそうに感じました。

●私からRさんへの返信メール●

おはようございます。

メールありがとうございました。かなりご心配をお掛けしている様子。スミマセン。

ただ、母が悪くなればなるほど、愛おしさも増していってます。とりあえず、今のままを見守ってください。

確かに、壊れそうでしたが、それは、母にオムツをさせないことが念頭にありましたから。今は、以前よりかなり眠れます。一晩中、アンテナを張っていなくてすみますから。

でも、少しかぶれてきています。これが不憫です。

改めまして、温かいメール、ありがとうございました。


このようなメール交換がありました。真摯に、私たち母子のことを考えてくれている現実に、孤立感が募っていた私は目頭が熱くなったものです。

ただ、気掛かりな内容がありました。

「少し、和子さんと距離をもった方がお互いによいのでは？　と感じました」

これから少し数日後、Kさんからも電話が入りました。その内容の主旨はだいたい以下のようなものでした。

「野田さん。このままだと二人共倒れということもありえるよ。とにかく、まず和子さんをショートステイに二・三日預かってもらって、野田さんがゆっくり休むようにせんと。野田さんが倒れたら、和子さんには誰もおらんのよ。一人きりになってしまうじゃろ？

野田さんがショートステイに違和感を感じとるのは理解できるけど、それでも、心を鬼にしてショートステイを利用するべきよ。野田さんに余裕がないと、和子さんに対してもちゃんとした介護なんてできんのじゃから。

和子さんのこれからを考えたら、グループホームに託してみる、ということも一つの選択肢として考えてもいいんじゃない？」

私たち母子のことを真剣に、更には前向きな姿勢から言いづらいことも言葉にしてくれているのは理解できました。

ただ、私は母を、私のそばに置き在宅介護を貫こうと決意していましたから、Kさんからの「グループホームに託してみる」という言葉にとても違和感を感じてしまったのです。

アレッ!?　学校側の母に対する姿勢に変化があるのでは？

私は疑心暗鬼になってしまったのです。とはいえ悶々としていても始まりません。直接、真意を問いたいという気持ちが強まり学校を訪ねたのです。七十八歳の誕生日会を開いてくれた、前年の十二月三十日以来でした。

母がいました。定員イッパイの利用者さんと先生方で活気ムンムンでしたが、母は、やはり浮いているような存在にも見えました。

母と目が合いました。母の脳裏では母子関係は消滅しているので、親友にでも何かを懇願している目にも見えました。少し話しをすると、本来の母の笑顔と出会えました。とはいえ、ここでの優先事項は学校の母への姿勢を問い質すことでしたからKさんのいる二階へと足を運んだのです。

事務整理中のKさんに、突然アポなしで押し掛けたわけです。私は少し熱くなっていましたから前置きなしで核心に迫りました。かなり攻撃的な言葉も発したはずです。ところが、Kさんの口からいきなり発せられた言葉で出鼻をくじかれる形になったのです。つまり、やはり私は独り相撲をとっていたのです。

「これからは和子さんを、できるだけマンツーマンでお世話させてもらおうと思うとるんよ」

ビックリでした。そして、学校の姿勢に違和感を覚え、その真意を問いただしに来た私自身が恥ずかしくもなっていました。

Kさんの言葉は続きます。

「正直、ここで和子さんをお世話するということに対して、職員間でもいろいろ意見があったんよ。

『和子さんを老人保健施設に一時だけでも預かってもらって、息子さんにゆっくり休息してもらおう』

『このまま和子さんが在宅介護を続けたら、息子さんもいつか大爆発してしまう』

他にもいろいろ意見は出たんじゃけど……。私も、野田さんと和子さんは、一時的にでも距離を置いた方がいいと今でも思うとるから。

でもなあ、やはりそれは、職員からの一方的視点のような気がしてきてなあ？　ここの職員で、実際、我が親を介護したという経験のある人はまだいないんよ。

もし、自分の親だったら？

そう想像してみたら、野田さんの気持ちも分かるような気がしてきて。それに、野田さんが若い頃に親不孝した恩返しがしたいという気持ちも尊重したいし。

じゃけど、ここも利用者さんが増えて、介護を必要としない介護予防の意味合いの人もいらっしゃるじゃろ。確かに、皆に交じって過ごすというのは和子さんもシンドイはずなんよ（平成十七年六月現在。月・金曜の二日を通う）。

で、マンツーマンでお世話させてもらってみたら？　という提案が出てきたわけ。職員配置の都合もあるけど、もし問題が浮上したら、それはその時点でまた考えるということで職員間で決まったというわけ」

感激でした。ただ、多くの利用者さんがいる中で、一人の先生を母が独占してしまうということに申し訳なく、後ろめたい気分が湧いてきている私も存在していたのです。

この複雑な気持ちを見透かしたかのように、Kさんが再び話しはじめました。

「思うんよなあ。和子さんが要介護2でここに来始めて、その頃はまだクリアな状態が多くって、手が掛かるということもあまりなかったでしょう。だけど失禁が始まって、皆と一緒に生活することに馴染めないようになったからといって、じゃあハイ余所で、みたいなのは私自身が受け入れられないんよ。Rも同じ気持ちだから」

これから少し後、この言葉を裏付けるように、KさんとRさんは母の通うもう一つの学校へ出向いたのです。母のこれからを、二つの学校で連携して互いに意見交換しながらお世話していこうという決意で。

結果、この決意は一方の学校（火・水・木・土曜の四日通う。通い始めて約九カ月）でも了解されました。今、母の通う二つの学校間では、母に対応する意見交換が時折なされるようになったのです。

ところで、Kさんたちがもう一つの学校を訪ねてくれた日は土曜日。彼女たちの学校は土・日曜がお休みなのですが、母はもちろん、もう一つの学校でお世話してもらっていました。となると、母とKさんたちは当然、出会うことになります。

「和子さんと目が合った瞬間、和子さんが笑顔と拍手で迎えてくれたんよ。分かってくれたんよなあ!!　凄く嬉しかったわあ」

こんな出来事もあったのです。記憶泥棒であるアルツハイマー病ですが、やはり優しく接してくれる人たちのことは忘れないのかもしれませんね。この話しを聞き、私までも嬉しくてたまりませんでした。

いよいよ、母への〝できるだけマンツーマンのお世話〟が始まったのですが、更に、新たな取り組みも開始されました。それは、〝今まで以上に詳細に連絡帳記入しよう〟ということでした。つまり、母の学校での状況をより分かりやすいように、との学校側の私への配慮でした。

以下に、より詳細に報告してくれるようになった連絡帳から、三日分をピックアップして貼り付けます。

●平成十七年三月四日・連絡帳から●

今日はとても落ちつかれ、笑顔もよく見られました。体操も笑いながら肩を上げ運動されています。食事もスムーズにお皿のおかずをとって食べられてます。最後の少しだけを介助しました。お茶も三杯飲まれています。

足のマッサージをしている人に布団を掛けてくださったり、職員と一緒に歌ったりして落ちついた時間を過ごされています。職員と一対一だとお話もよくされています。

入浴のとき、紙オムツを脱ぐのをとても嫌がられましたが、職員を交代して接すると、落ちついていつも通りに入浴されました。

●平成十七年四月二十五日・連絡帳から●

いつも来られたときに飲まれるお茶をあまり飲まれることもなく、しばらくしてスタッフと一緒に入浴へ誘いました。が、ご機嫌が悪くなり衣服を脱ぐことを拒まれたため、一時、入浴を見合わせました。

昼食までには少しずつ落ちつかれて、食事はいつものように食べられてます。何かが原因で、ということもなくご機嫌が悪くなられたのは初めてでした。

昼より、もう一度入浴へ誘うとスムーズに入られてます。大きな音や声に、とても敏感になられている様子です。そばに一緒にいると、ビニール袋をたたんだりして落ちつかれていました。

好きなお花の話になり、

「何が好き?」

と尋ねると、

「優しい色の花が好き」

と答えてくれました。

●平成十七年五月二十日・連絡帳から●

Nに到着してから玄関へは問題なく向かわれたのですが、玄関の段差がなかなか上がりにくく一緒に靴を脱ぎました。尿採りパッドに出ていたためトイレで交換しています。少しご機嫌が悪くなられましたが、リハビリ体操は皆の輪の中に入られました。

昼食は、半分は自分で食べられ、残りは少し介助しています。昼食後はソファーで一時間ほどウトウトされています。とても気持ちよさそうな表情でした。

目が覚めて、本を見られるかな?　と思い渡したところ、文字のところを指さして一生懸命に見られていました。

昼、トイレ誘導時にたっぷり排尿されました。とてもいい表情をされていました。

おやつ時のコーヒーはご自分で全部飲まれました。そばにいると、時々〝困ったなあ〟と、悲しそうな表情のときもありました。でも、話を聞き続けていると落ちつかれています。

これら三日分の連絡帳から、母が学校でどんな過ごし方をしているのか？　より詳細に把握できるようになりました。

ところで、医学的見地などというお高いところからの判断は別として、母は尿意とか便意とかも完璧に消去されてしまったかのこの頃です。

尿に関しては、尿採りパッドへ放出してくれるので私の忍耐だけで事済むのですが、大便となると問題大です。母は元来から便秘体質。そこへ便意の喪失ですから、排便させるには、薬以外の手段となると摘便ということになります。

この摘便も学校にお願いして、頃合いをみてやってもらっています。たまに母は、足をバタバタと抵抗し、オトコ言葉で先生方を非難することもあるらしいのです。息子として不憫であり哀しくもありますが、先生方のサポート無くして我が家の在宅介護は継続できないのですから。

心から感謝です。

さて、話題はここから大きく変わります。今、私が抱えている不安について書き進めていこうと思うのですが、これは、母が通っている学校、つまり民間デイサービスとか宅老所とかと呼称されている通所介護サービスのこれからについてです。

実は、私の周囲ではまだ明確に知らないという人たちばかりなのですが、平成十八年介護報酬改定時に新たな地域密着型サービス導入が予定されているということです。ただ、単語だけはアチコチで語られ踊っています。

〝地域密着サービス・小規模多機能型居宅介護〟

もちろん、まだ仮称にすぎないのですが、いったい、このサービスが導入されることによって学校（N同様な民間デイサービス）はどうなっていくんだろう？　と不安に駆られている管理者や職員が多いのが現実です。KさんもRさんも、先々に不安を覚える人たちです。

ただ、私はここで、〝地域密着サービス・小規模多機能型居宅介護〟について検証しようなどとは全く考えていません。重要なのは一点だけ。このサービス開始によって、母はもし

かすると〝N〟という学校に、来年から通えなくなるかもしれないのです。

漏れ聞こえてくるところによると、二つのデイサービスには通えなくなるらしいということ。となると、Nへ月曜から土曜日までの連日、通いとおすということは現況から判断すれば完璧に無理です。

もちろん、今通っているもう一方の学校は我が家から近所ですし、まだまだ定員に余裕があります。学校に通う、ということだけ視野に入れるなら問題はないのです。

とはいえ、もう二年と四カ月をNという学校に通い続けてきているわけですし、マンツーマン介護も軌道に乗り始めてきているのです。それ以上に、母がというより、私がこの学校から離れたくないというのが本音です。情。この学校の温かさが私に染みこんでしまっているのです。

その温かさを象徴するメールを紹介させていただいて、第三章の幕引きとさせていただきます。

●Rさんからのメール・平成十七年四月十七日●
野田さん、和子さん。いつも応援しています。今、一番しんどいとき……。

ひとりで抱え込むことなく、みんなに相談して下さいね。
和子さんを囲む人はたくさんいます。
私もその一人。和子さんのこと大好きです。

あとがき

この〃あとがき〃を書いている今日、日付は平成十七年六月二十四日です。梅雨入りしたにもかかわらず雨はほとんど降らず、今日の日中の最高気温予想は三二度。明日の岡山は三四度にまで上がる予報です。

とにかく暑い。だから今頃に書いています。午前五時過ぎ。我が家は一級河川沿いにあり、明け方である現在は冷んやりしています。母もシッカリ爆睡してくれてますから。

で、なんでこんな書き出しで〃あとがき〃を記し始めたか？　実は、〃あとがき〃以外の原稿は五月後半には書き上げ、編集部へメールで送信していました。そして昨日、本になる前段階のラフな縦書きになった初校が私の元へ届き、ヨッシャ!!　という感じで新たに書き始めたというわけです。もっとも、五月後半時点で同様に書き上げていても良かったのですが、私は、ある想像をしていたのです。

たぶん？　その予想は完璧に的中しました。正にビンゴ!!　です。その〃たぶん〃とは、母に、初校が上がるまでに何かが起きるのでは？　というものでした。今の母は、アルツハイマーの病が以前よりスピードアップして進行している様子。つまり、病の悪化が著しいのです。そして、とんでもない事が勃発してしまったのです。それは、編集部へ原稿送信して間もなくの、五月二十九日午前一時過ぎでした。

母の尿採りパッドを交換している最中でした。私のほんの些細な不注意から、母は後方へ直立そのままに転倒してしまったのでした。普段は、私が寝ているそばにある柱へ母の手を持っていき掴ませているのですが、このときは横着をして、母に掴みがないままに尿採りパッドの交換をしていたのです。

布団の上での交換ですから脚がふらついたのでしょう。後方転倒し、低い位置にある棚の角へ後頭部をぶつけたその瞬時、大袈裟に聞こえるかもしれませんが母の後頭部からドクドクと血が流れだしたのです。頭からの出血は激しいことは知っていましたが、あくまでも知識だけ。見たことはありませんでしたから、母より私の方が気が動転してしまいました。母はといえば、なにやらムニャムニャと口にはしていましたが痛がっている様子はありませんでした。

とはいえエライことです。とりあえずタオルを頭に巻きましたが血は止まりません。黄色のタオルが血を吸収して変色していきます。血をシッカリ吸収するモノ？　私は咄嗟《とっさ》に、尿採りパッドを母の後頭部に押しつけていました。

考えました。今、なにをしなければならないのか？　救急車？　でも、五月二十九日になったばかりでしたが日曜日。病院は開いているのだろうか？　救急車は大袈裟か？　でも、私は車の運転ができない。こんなことが脳裏で空回りして行動に移せません。母の出血は続いています。無力でした。

迷惑とは思いましたが最後の手段。従姉妹で看護師をやっている貴美子に電話を入れました。看護師の勤務態勢は不規則ですから貴美子の勤務表は私のパソコン脇の壁に貼り付けてあり、運良く休日でした。直ぐに我が家へ来てくれ応急処置。即行で、貴美子が勤務する病院の救急外来へと彼女の車で向かったのです。

結局、母は後頭部を四針縫うという惨事。それでも、四針で済んでホッ!!　としたのも事実でした。貴美子には心から感謝です。母の肋骨骨折以降は彼女を頼り切っていますから。

ただし、私自身の不甲斐なさには情けない限りでした。オロオロするばかりだったのですから。でも、ここで一つだけ確信に至ったことがあります。アルツハイマー病を患っている家族への介護は一人では絶対にできない。ということでした。私は、一人で立ち向かっている母への介護の限界を、この災難から身に染みて理解も納得もしてしまいました。

オットト!! 母が目を覚まし、私の方を向いています。午前六時半過ぎ。起床時間は七時半ですが、いつもこの時間は少しの間、母と手をつなぎます。では、母の手を握りに母の布団へ。続きは改めて、ということにさせてもらいます。

再開です。現在時は六月二十四日午前九時四十三分。母は数十分前、元気にデイサービスNへと出陣していきました。今、私はカフェラテを飲みながら、ラジカセからはBGMを流しパソコンの前に座っています。

もっとも、このわずか三時間少々の間にほんの些細な出来事が。母のパジャマ代わりのズボンが濡れていました。オシッコです。尿採りパッドに紙オムツを履いているにもかかわらず染みこんできます。計ると、五百ccのオシッコが尿採りパッドへ。紙オムツにも三十cc。

基本的には、尿採りパッドと紙オムツ二つの防御でこれくらいの量には耐えられるはずです。ただ、母は横向きで寝ていました。この姿勢で寝ると、横漏れする確率が高いのです。ズバリ横漏れでした。

オムツ交換をするとき、母は素直に脚を上げてくれません。私はお願いします。それでも上げません。暑いです。イライラ。そして、パチン。左脚を叩いて上げさせました。一日の始まりがこれです。母も痛いでしょうが、私も心が痛みます。自己嫌悪からの一日の始まりでした。ヤレヤレです。アルツハイマー在宅介護最前線はこんな日々の連続でもあるのです。

さて、〝あとがき〟を書くにあたって、この本の担当であるミネルヴァ書房編集部の小室まどかさんから以下の課題が与えられました。

（本をまとめていま思うこと・在宅介護を続ける人やこれから親の介護をひとりで担っていかねばならない少子化世代の人たちへのメッセージなど）

正しい。こういう事を書かなければならないのだと私も思いますし、確信もします。でも、私は読者の方々にメッセージ的なモノを送りたくないのです。

というのも、一章・二章・三章。全て、私たち母子中心に展開されている出来事です。つまり、私たち母子の現実を素直にウソなく書き記しただけなのです。人間それぞれ、生まれた環境、育った環境、そして現況。さらには未来への展望。皆、異なるはずです。ですから、安易に、私には「介護はこうあるべきだ」というようなことは記せません。ただ、私たち母子の最前線が、読者の皆さまの参考になれれば幸いです。

最後に、この本を上梓するにあたり多くの方々に感謝しなければなりません。

まず、ミネルヴァ書房へ私を紹介していただいた読売新聞大阪本社編集委員の野間裕子さん。その依頼に応えていただいたミネルヴァ書房社長である杉田啓三氏。更には、この本の核心に当たる一章でお世話になった中国新聞の串信考氏、長曽我部誠氏、畑矢健治氏。そして、デイサービスNの職員方々はじめ、母をサポートしてくれている多数の皆さん。従姉妹で看護師の中山貴美子は、今、私のもっとも信頼する母のサポーターになりました。忘れてならないのが、この本担当のミネルヴァ書房編集部の小室まどかさん。アンニュイな雰囲気がとても印象的でした。

では、最後の最後まで目を通していただき、本当にありがとうございました。

野田　明宏

平成十七年六月二十四日

なんだか、今日はとっても暑くなりそうな予感がする蒸し蒸しする朝に

著者紹介

野田明宏（のだ・あきひろ）

1956（昭和31）年，岡山市生まれ。

岡山東商業高校では野球部に在席。背番号13ながら甲子園出場。

国士舘大学政経学部卒業後，視野を広げるために多くの職業を転々とし，海外50カ国を一人旅。中央アメリカにはグアテマラを中心に約２年間滞在。内戦下のエルサルバドルでは政府軍パトロールに同行取材。

その後，父親の介護をきっかけに老人介護をライフワークに。

主　著
『介護する人々』（吉備人出版，1998年）
『在宅介護支援センター物語』（吉備人出版，2003年）
『アルツハイマーのお袋との800日』（時事通信社，2005年）ほか

ホームページ URL
http://ww4.enjoy.ne.jp/~fumbar/

MINERVA 21世紀福祉ライブラリー㉑
アルツハイマー在宅介護最前線

2005年８月10日　初版第１刷発行　〈検印廃止〉

定価はカバーに
表示しています

著　者　野　田　明　宏
発行者　杉　田　啓　三
印刷者　中　村　嘉　男

発行所　株式会社　ミネルヴァ書房
607-8494　京都市山科区日ノ岡堤谷町１
電話代表　(075)581-5191番
振替口座　01020-0-8076番

中村印刷・清水製本

ISBN4-623-04472-6
Printed in Japan